J.A. RAMONET

Las 5 Muertes

Archivos de la División Dragón

Bitácora del Escritor
EDITORIAL

Las 5 Muertes: Archivos de la División Dragón

Por ***J. A. Ramonet***

Ilustración de Portada: **Andre Ernst | Bitácora del Escritor**
Edición de portada: **Oliver Portillo | Bitácora del Escritor**
Corrección de texto: **Theö Stamper | Bitácora del Escritor**
Ciudad de Panamá, Panamá
ISBN: 978-9962-8589-0-4

Primera Edición 2024

Nota del autor

Las 5 Muertes es una obra de ficción. Si bien se mencionan personajes históricos del pasado panameño, este relato no pretende ser una bitácora precisa del camino que hemos recorrido desde la llegada de Cristóbal Colón a nuestras costas. Aunque puede parecer un alegato económico, político y social, es en realidad un simple sueño tejido con hilos de fantasía. Si el lector detecta alguna hebra que le suene familiar, es porque la realidad supera cualquier quimera que el más osado escritor pueda imaginar.

Este libro está dedicado a mi esposa Arelia, y a mis hijos, Allegra y Alejandro, quienes son los verdaderos superhéroes en mi vida, así como mi mayor fuente de inspiración.

AGRADECIMIENTOS

La historia original de este libro nació como la trama para una partida de rol que jugué en el parque de El Retiro en la capital española con mis amigos de la universidad. Tras casi veinte años de haber dejado Madrid, ellos me siguen apoyando a través de la distancia. Muchas gracias, Fernando, Jesús, Jorge y Jose por mantener, más que la comunicación, la amistad.

Agradezco enormemente a mis lectores Beta, los escritores Amílcar y Olivier, por haber dedicado tiempo a leer mi manuscrito, así como darme sus comentarios y opiniones. Valoro mucho su ayuda. Por supuesto, a mi lectora Beta honoraria, Adriana, por darme siempre su apoyo y consejos.

No puedo olvidar el inestimable apoyo de mi editor Theö Stamper y todo su equipo de **Bitácora del Escritor** que me ayudaron a pulir, maquetar y preparar esta obra que ahora tienen en sus manos.

Siempre, siempre darle las gracias a mi familia porque son el poderoso motor que mueve mi existencia impulsándome cada día a seguir adelante. ¡Los amo!

Y a ustedes, mis lectores, los *gameritos*, agradecido siempre por brindarme su cariño.

ÍNDICE

PRÓLOGO

Miércoles 23 de mayo de 2057 - 21.20 horas

Para aquellos que no me conozcan, me llamo José Antonio Ramonet Mendoza, nací en la República de Panamá hace 86 años. El próximo sábado celebraré mi cumpleaños.

Puedo describirme como *nerd*, amante de los parques de atracciones, enamorado de los libros y fascinado por los videojuegos. Durante mi vida he sido estudiante, soldado, ingeniero, emprendedor y escritor. También hijo, hermano, esposo, padre y abuelo. En mi vertiente profesional desarrollé múltiples puestos y conocí a un sinfín de personas. Tengo pocos amigos; quiero pensar que, de esos pocos, todos verdaderos amigos y, más importante, buenos amigos.

Me pedí a mí mismo (sí, pueden reírse) escribir el prólogo de esta novela para darles una perspectiva de cómo es mi país en este año 2057. Tal vez, pensando que ustedes, amables lectores, no conocen tanto Panamá, sea necesario contar un poco de historia. Y, si saben sobre su pasado y presente, lo más seguro es que no conozcan su futuro. Trataré de ir al grano.

La República de Panamá se sitúa en una zona tropical; léase, hace calor y llueve mucho. Estamos en el continente americano y somos, geográficamente hablando, el istmo que conecta Centroamérica con Sudamérica. Nuestros vecinos son Colombia y Costa Rica, el primero al este, el segundo al oeste (sí, lo sé, suena raro que la conexión al sur quede al este, pero así es como es). El istmo se creó en una edad geológica de la que no puedo acordarme —si es que alguna vez la estudié— y comenzó a cobrar importancia mundial a partir del descubrimiento de América por Cristóbal Colón, quien, aunque era genovés, venía representando a la corona española; eso provocó que en estos lares la mayor parte de la población adoptó el español como primera lengua. Por si les pica la curiosidad, sí, todavía predomina el castellano en el área; ni el inglés ni el mandarín nos han ganado la batalla.

Durante mucho tiempo, Panamá se convirtió en centro neurálgico de las rutas comerciales de España. Fueron 300 años interesantes en donde hasta fuimos atacados por el célebre pirata Henry Morgan, quien saqueó la capital hasta que no le cupo más oro en los bolsillos.

Si nos situamos al inicio del año 1800, la situación era precaria en la península ibérica, con un Napoleón haciendo de las suyas. Esto provocó que gran parte de las colonias americanas, inspirados por movimientos como la Revolución francesa, comenzaran a independizarse a punta de fusiles y espadas.

Panamá siempre ha sido un lugar pacífico, por lo que nosotros optamos por independizarnos con mucha más tranquilidad y sin poner la vida de nadie en peligro. Ya me entienden, par de conversaciones, acuerdos, apretones de mano, etcétera. Eso sí, solo por si las moscas, tuvimos la brillante idea de unirnos voluntariamente a Colombia para así tener un papá grande que nos defendiese por si a los ibéricos se les ocurría reconquistarnos. Eso nunca aconteció; lo que sí sucedió fue que Colombia jamás nos hizo ningún tipo de caso. Estábamos ahí pegados y separados por el mítico Tapón del Darién, que apenas se abrió hace como 20 años.

Esos ochenta años de unión no trajeron grandes bondades para Panamá. Como dije antes, olvidados y apartados, casi como ciudadanos de segunda o tercera categoría. Sí hubo un par de hitos interesantes durante el siglo XIX. Recordando, la fiebre del oro en California incentivó que muchos gringos usasen Panamá como ruta de paso para llegar a las ansiadas tierras del oeste americano. Se construyó un ferrocarril que conectaba las ciudades de Panamá y Colón; esta obra trajo consigo una fuerte inmigración china, hasta tal punto que se dice que por cada durmiente de la vía hay un chino enterrado. También, tras su éxito haciendo el Canal de Suez, el francés Fernando de Lesseps puso sus pies en el istmo con el sueño de unir ambos océanos. Por muy buena intención que le puso, la compañía del Canal Francés fracasó estrepitosamente. La selva no tuvo mucho tiempo para tragarse las excavaciones, porque, poco más de diez años después, comenzó una nueva administración... Pero me adelanto, sigamos en orden.

El inicio del siglo XX nos agarró con la Guerra de los Mil Días o de los Tres Años; sí, las matemáticas no cuadran, pero recuerden que son historiadores, no ingenieros. En el seno de Colombia se enfrentaban los dos partidos, el liberal y el conservador. Esa trifulca llegó hasta nuestras tierras, resultando ser la última gota que colmó el maltrato y el abandono que recibíamos. El 3 de noviembre de 1903, Panamá se separó de Colombia sin ningún tipo de conflicto, enfrentamiento armado o derramamiento de sangre. ¿Cómo lo hicimos? Nuevamente, usamos la diplomacia, un poquito de soborno y nos pegamos a un nuevo papá mucho más grande: los Estados Unidos de América. La relación con ellos no era nueva, ni mucho menos; desde el siglo anterior, teníamos presencia gringa en el istmo (por el tema del oro californiano) y se dictaron normativas que favorecían su libre tránsito. Estas dispensas de responsabilidad llevaron a disputas, siendo la más relevante y sonada el incidente de la tajada de sandía. Si en Francia se enojaron porque alguien dijo «que coman pastel», ya se pueden imaginar el pandemonio que se formó cuando un ciudadano estadounidense no quiso pagar el pedazo de sandía que se comió. La batalla campal duró 3 días, la desavenencia escaló hasta tribunales internacionales y Panamá terminó pagando a los Estados Unidos por los daños acontecidos. Otra vez perdí el hilo y volví para atrás.

La separación de nuestra nación de Colombia vino de la mano de la firma de un tratado que le concedía a Estados Unidos el uso y disfrute de una porción de nuestro territorio para construir el famoso Canal de Panamá. Fueron 1 400 kilómetros cuadrados, donde nuestro aliado del norte era libre y soberano. En 1904 comenzaron los trabajos para terminar el ambicioso proyecto. Utilizaron los avances franceses. Mientras obreros de diversas partes del mundo cavaban y construían, otro grupo muy diferente atacaba a uno de los mayores asesinos de la humanidad: el mosquito. El mosquito es el animal más peligroso del mundo o, por lo menos, el que más muertes causa. Conscientes de esa realidad, los médicos a cargo procedieron a sanear las zonas para evitar más decesos por malaria y fiebre amarilla.

Tomó diez años terminar la que en aquel entonces fue considerada la octava maravilla del mundo. Esta inauguración marcó el inicio de un nuevo tipo de vida en el país. Teníamos una ruta interoceánica que generaba pingües beneficios, pero de los cuales Panamá recibía migajas. No obstante, tener incrustado dentro del país un territorio de Estados Unidos trajo consigo una inyección de efectivo; los soldados y residentes, con mejores salarios que el promedio panameño, contribuían con buenos aportes a la economía. Trabajar en la Zona del Canal era la aspiración y «casarse con un gringo» la meta de muchas mujeres.

Durante los casi cien años de presencia estadounidense, hubo muchas conversaciones, tratados y conflictos que fueron parte de la lucha por recuperar la soberanía total de nuestro territorio. Sin querer entrar en tanto detalle, resumamos que muchos de los problemas se zanjaron con la firma de los tratados Torrijos-Carter en el año 1977. Este tratado marcaba un período de 20 años para que el Canal pasase a manos panameñas dando como fecha final el 31 de diciembre del año 1999 a las 12 del mediodía. Esto marcó el punto más alto de popularidad del general panameño Omar Torrijos y el más bajo del presidente de los Estados Unidos, Jimmy Carter.

En el camino hacia el año 1999 las cosas no se pusieron fáciles. La muerte del general Torrijos, solo cuatro años después de la firma de los tratados y en un sospechoso accidente, permitió que uno de sus subordinados escalase al poder. El dictador Manuel Antonio Noriega dominó con mano dura el país durante algo más de ocho años. En ese tiempo, un puño de hierro golpeó al país y una garra de acero lo asfixió. Sufrimos duras sanciones económicas. Recuerdo que en un momento las cuentas bancarias estaban congeladas y circulaban cheques como moneda de curso. En diciembre de 1989 se dio la operación Causa Justa por parte de los Estados Unidos, léase, una invasión a Panamá buscando derrocar al tirano, a quien se relacionaba con relevantes cárteles de la droga y quien incluso le declaró la guerra a la potencia del norte. Hubo muertos, heridos, era una guerra. Los helicópteros Apaches sobrevolaban la ciudad, las columnas de humo negro se elevaban por doquier. Tristes momentos sufrimos los panameños y pagamos un alto costo por librarnos de la tiranía. El dictador fue derrocado y apresado. Su juicio lo llevaría a afrontar condenas en Estados Unidos, Francia y Panamá, donde al final moriría.

La herida de la guerra fue profunda. Encarábamos la última década antes de que el Canal pasase a nuestras manos. Afrontamos con valor los desafíos y, como el ave fénix, resurgimos de nuestras cenizas. La nueva libertad y la recuperada democracia fueron la fuerte brisa que impulsó nuestras alas. El 31 de diciembre de 1999, el Canal, nuestra joya más ansiada, pasó a nuestras manos en un evento que resonó en cada rincón del mundo. Nos miraban con curiosidad, tal vez pensando si estaríamos a la altura del reto. Y lo estuvimos. El

Canal se ha mantenido operativo, trabajando con eficacia y eficiencia, ha mejorado y se ha ampliado, respondiendo a la demanda del comercio internacional. Los panameños cumplimos; Panamá cumplió.

El inicio del siglo XXI vino marcado por un boyante auge económico. En algún momento alcanzamos dos dígitos en el crecimiento del PIB (mucho de esto impulsado por la primera ampliación del Canal). Si bien creció nuestra economía, nos fuimos debilitando en institucionalidad, transparencia y, hay que decirlo, moralidad. La corrupción se paseaba rampante por nuestros organismos estatales. Nuestros políticos no velaban por el bien común. Las arcas se vaciaban para engrosar patrimonios particulares. Eslóganes como «robó, pero hizo» circulaban; ojalá solo circulasen, también se aceptaban. Avanzamos a pasos de tortuga, por no decir que retrocedimos; incluso con ese lastre, la economía siguió creciendo. Puede que esa bonanza ocultase los males, puede que nosotros mismos quisimos estar ciegos o buscásemos tapar el sol con una mano, pero se volvió insostenible. Entonces, justo en ese momento, apareció lo que podríamos llamar la madre de todos los males o, desde otro punto de vista, el mayor agente de transformación: el covid-19.

La pandemia fue fulminante. De la noche a la mañana pasamos de libertad a confinamiento, de opulencia a austeridad, de conformismo a imaginación. Desde sus casas, la gente tuvo que buscar cómo resolverse la vida tras perder sus empleos o por los congelamientos de salarios. Algunos tuvimos la fortuna de mantener el ritmo desde nuestros hogares, el renombrado *home-office*. Como bien sabe el lector, esa modalidad no solo llegó para quedarse, sino que en nuestros días es lo más extendido. Todo eso fue un paso para llevar la globalización a su máxima expresión, no importaba el país donde vivieras, con solo una *laptop* y una buena conexión, podías trabajar donde quisieses.

Si en los pasados años los gobiernos paternalistas sembraron el patio de subsidios insostenibles, la crisis de salud creó nuevas ayudas que debilitaron aún más las arcas del estado. Recuerdo una negociación por la canasta básica y el precio de los combustibles allá por el año 2022 (¡increíble, 35 años han pasado!), donde quienes estaban sentados a la mesa eran segmentos poco representativos de la sociedad panameña. Nos dio risa, cuando realmente nos debió dar pena.

Nuestros mecanismos de justicia tampoco daban la talla. Era increíble escuchar las retahílas de excusas y absurdos que presentaban los letrados para alargar o cancelar los procesos. Lo que sí era triste era que la justicia bailaba al son de la canción que le tocaban. «Aquí nunca pasa nada», decíamos.

El sistema legislativo tampoco estaba en su mejor momento. Se aprobaban dobles salarios, se permitían feudos, se creaban corregimientos casi sin población adscrita y se engordaban las planillas estatales manteniendo un nivel de servicio bajísimo, por no decir paupérrimo. ¡Un desorden, una deshonra para el país! Solo algunas voces independientes en esos plenos que trataban de llevarnos nuevamente a la cordura y evitar que Panamá se acabase desbarrancando. ¡Tristeza!

Otro tema que veíamos surgir en el mundo era lo referente a la inclusión forzada, la ideología de género y tendencias progresistas que no llevaban a ningún lado y que no sirvieron de nada. A los que nos gusta escribir, hasta trataron de obligarnos a decir *todes*, *elles* y demás barbarismos que solo enredaron el desarrollo de nuestros hijos. Por suerte, al final de la década de los veinte (sí, tomó bastante tiempo), regresamos a la sensatez.

Quisiera decir lo mismo de nuestros temas políticos y de gobierno. Las siguientes elecciones no marcaron una diferencia. Los panameños demostramos que sufrimos de amnesia y vamos rotando los mismos tres partidos hasta el infinito y más allá. Eso sí, las voces independientes cobraron más fuerza. Ese primer ataque al *statu quo* vino con el nombramiento de una figura independiente en la alcaldía del distrito de Panamá. Una bocanada de aire fresco para la ciudad donde vivo. Le hicieron la vida imposible, pero hubo cambios positivos. En otras partes del país, siguió igual todo. Problemas de agua, electricidad, carreteras, educación, salud, así como la precariedad del sistema de pensiones. La deuda crecía y no se veía hacia dónde iba el dinero.

Estoy seguro de que usted, lector, quiere escuchar nombres; hay un viejo dicho que reza: «se dice el pecado, no el pecador». Por eso me reservo el derecho de no citar a los *ilustres* personajes que fueron partícipes de estas calamidades.

La administración del gobierno del 2029 (en Panamá los presidentes duran 5 años y no pueden reelegirse), vino con renovados bríos. Nuestra deuda superaba el 70 % del PIB. Se aprobó un proyecto para desarrollar la logística y manufactura en las riberas del Canal. Estos planes no eran nuevos, llevaban años archivados, faltaban voluntad y visión. La intención era aprovechar el flujo naviero de Panamá para generar productos y servicios de valor agregado y así terminar de cuajar ese sueño de convertir a nuestro país en un eje económico de talla mundial, no solo en una zanja por la que cruzan los barcos. Perdónenme, sé que sueno duro, pero de la forma en que yo lo veo, o lo vi en su momento, esa era nuestra triste realidad. El plan maestro duraría diez años, arrancarían por fases y su inversión estaría cercana a los 8 000 millones de dólares, para los cuales esperábamos tener inversionistas externos. Las proyecciones hablaban de un crecimiento sostenido del 7 % del PIB hasta el 2035 y luego un repunte del 10 % cuando comenzasen a operar los diversos negocios.

Al mismo tiempo, nos dimos cuenta de que las políticas de electrificación (incluyendo un parque vehicular eléctrico que crecería por encima del millón de automóviles para el año 2060) requerirían un incremento en la capacidad de producción eléctrica. Los debates duraron largos meses. Se consultaron cientos de expertos. Si bien las capacidades hídricas de Panamá son elevadas, con todo lo referente al cambio climático, la decisión recayó en una alternativa más radical: nuclear. Las voces de alarma se elevaron y la comunidad internacional puso los ojos en nosotros. ¿Cómo podía una república bananera atreverse a coquetear con la energía atómica? Podría ser un riesgo, podría ser un arma. Si la discusión interna llevó tiempo, no se imaginan la externa. Para no hacerles el cuento largo, en el año 2034 Panamá aprobó el plan de construcción de la primera central nuclear en Centroamérica; se llamaría la Central de Guásimo, por ser la zona de la provincia de Colón, en la costa abajo, donde se construiría. Con este megaproyecto no solo se esperaba duplicar la capacidad de producción eléctrica, sino impulsar el desarrollo de una zona olvidada. Por supuesto se alzaron las voces ambientalistas que invocaron los fantasmas de Chernóbil y Fukushima. No importaron las manifestaciones, el proyecto comenzó su construcción en el 2037 con una inversión estimada de 10 000 millones de dólares y una fecha de terminación prevista para el 2045.

Si hacen números, los dineros destinados a esas dos megas obras ascendían a 20 000 millones de dólares. Esta cifra no fue nada despreciable y muy apetitosa para los bolsillos de aquellos que ostentaban el poder.

La construcción de las zonas comerciales del Canal prosperó. Tal y como estaba previsto, gigantes mundiales de las ventas y la logística, incluso automotrices, mostraron su interés e invirtieron en un país que, incluso con todos sus problemas internos, se percibía seguro y de bajo riesgo. No tengo constancia si hubo sobres o transferencias en pago de favores; solo puedo decir que la ribera del Canal comenzó a crecer en parques industriales y zonas logísticas. La *zanja* cobró valor.

En el otro eje de desarrollo, tras una licitación bien *complicada*, un consorcio se adjudicó la construcción de la central, 8 000 millones de dólares; una empresa panameña se llevó los otros 2 000 millones en concepto de infraestructura para brindar los correctos accesos al área. Se entregaron en concesión 25 kilómetros cuadrados del territorio para levantar el reactor y los edificios circundantes, así como los residenciales para operar todo el complejo. Todo esto tomando como base el río Indio, en una de sus zonas menos montañosas. Esa entrega del territorio levantó escollos entre los moradores y entre algunos individuos de la clase política que alegaban que se repetía la historia del Tratado Hay-Bunau Varilla donde perdimos soberanía en la república. Las voces se apagaron a punta de billetes y la construcción fue viento en popa. Para inicios de los años 40, el avance, según los propios constructores, estaba cercano al 85 % y se esperaba poder inaugurar en el 2043 (dos años antes de la fecha original). Milagrosamente, la mega obra parecía avanzar bien. Los accesos se construyeron en sintonía, incluyendo un puerto que revitalizó la economía del poblado de Miguel de la Borda, poniéndolo en el mapa. Los nuevos trabajadores y sus familias empezaron a ser contratados a finales del 2041 de forma que ocupasen sus nuevos hogares a mediados del 2042. Se estimaban contrataciones cercanas a las 2 000 personas.

El nuevo puente sobre el río Chagres, justo al lado del fuerte de San Lorenzo (construcción española terminada en 1601), permitió el desarrollo en paralelo de la costa abajo de Colón. Tres nuevos hoteles se estaban erigiendo, sumando unas 1 200 nuevas habitaciones con vistas a explotar las fantásticas playas del Caribe y ayudar a catapultar a Panamá como destino turístico.

Aunque todo marchaba bien, el proyecto estaba vigilado muy de cerca por el Consejo de Seguridad de las Naciones Unidas. Esto conllevó que varios barcos de guerra, incluyendo el portaviones USS Enterprise (CVN80) de la marina de los Estados Unidos de América, se anclasen a pocos kilómetros de la costa. De igual forma, se instaló una base de los cascos azules que brindaba protección a toda el área. No lo decían, pero no solo era el miedo por una incursión enemiga o un atentado, sino por la desconfianza en la construcción y una posible catástrofe atómica.

En el último trimestre del 2042, la zona bullía de actividad. Los fines de semana la gente se acercaba para ver las fulgurantes torres de enfriamiento que se alzaban casi 300 metros. Los políticos sonreían para las fotos. El país resplandecía frente al mundo. Una flamante nueva área comercial que atraería miles de millones de dólares en negocio y una poderosa central nuclear. Íbamos sobre patines... Hasta que ocurrió el desastre.

En diciembre de ese año, a solo dos meses de la inauguración oficial, comenzaron las pruebas en el reactor. Yo soy ingeniero aeronáutico, por lo que no puedo explicarles qué fue lo que ocurrió. Lo que pude leer en los medios de comunicación fue que todo el sistema se descompensó. En menos de una hora de inicio de la prueba, las alarmas saltaron. La carga de uranio, aunque pequeña (eso nos salvó), provocó una reacción en cadena. Los materiales de baja calidad salieron a la luz, así como los recortes de tiempo.

Y comenzó la operación *Just in Case*. En menos de quince minutos, cuarenta aeronaves de combate despegaron del USS Enterprise. Corrieron todo tipo de rumores. Algunos dijeron que atacaron en puntos oportunos las torres de enfriamiento para que el acero y hormigón funcionasen como aislantes temporales. Otros que llevaban cargas con un nuevo compuesto a base de plomo que no solo derribó las torres, sino que creó una fuerte capa protectora. Los hechos finales fueron que la radiación fue contenida. Los daños ambientales se circunscribieron a un radio de veinte kilómetros. Se estableció una cuarentena de una semana en las regiones hasta setenta y cinco kilómetros de la tragedia. La rápida intervención minimizó las víctimas; los registros oficiales hablan de menos de veinte fallecidos, en su mayoría técnicos que trabajaban en las pruebas.

Después de esto, el destino de Panamá cambió drásticamente. La ONU decretó estado de emergencia y, en consenso con el presidente, se estableció una Junta Internacional de Gobierno (JIG, como se le denominó). Todos sabemos que ese consenso no fue tal; nuestro país, a pesar del accidente, demostraba un fuerte potencial y naciones más avispadas querían asegurarse de que siguiese siendo así. En conjunto con un grupo élite del estado panameño, se sumaron a la JIG representantes de Estados Unidos de América, la Unión Europea (creo que no les conté que a inicios de los 30 el Reino Unido volvió a incorporarse), China e India. Adicional, se sumó un comité de expertos que incluyó a asesores de Japón, Noruega, Suiza, entre otros.

Sí, lo sé, suena como una completa locura. ¿Cómo iba un país soberano a permitir que otros se inmiscuyesen en sus asuntos? Piensen, por un momento, en lo que estaba en juego; a esas fechas, el Canal de Panamá permitía el paso del 15 % del comercio mundial, ¡QUINCE POR CIENTO! Si la situación no hubiese sido contenida, ¿imaginan el impacto económico? Eso fue lo que usaron de argumento para la intervención y nuestro país, amedrentado por la presencia militar, no tuvo opción a negarse.

La JIG inició operaciones el 1 de febrero del 2043 con los siguientes objetivos:

1. Salvaguardar la seguridad del Canal de Panamá y su nueva zona de desarrollo de negocios.
2. Salvaguardar la seguridad de todos los residentes en la República de Panamá
3. Preparar y poner en marcha un plan de desarrollo social y económico que apoyase los dos primeros puntos.

El primero de octubre de ese mismo año se presentó el Plan de Desarrollo Integral de Panamá, o PLADIP, apodado cariñosamente, DIP. Contaba con cinco ejes de acción: infraestructura, salud, educación, seguridad y transparencia. Nada nuevo, ¿cierto? Cuando el presidente y los representantes de la JIG hicieron el anuncio, el pueblo lo vio con escepticismo. Pronto cambiaron de opinión.

El DIP era un sueño armado con muy buenas ideas y con una férrea voluntad de implementación. Iniciaron con una restructuración de las entidades de gobierno. ¿Qué significó eso? Cerraron varios organismos, ministerios e instituciones. Los que permanecieron, vieron sus planillas reducidas a una mínima expresión, terminando de esa forma con el clientelismo político. Uno de los casos más sonados fue el de la Asamblea Nacional. En un período de seis meses, se redujeron los diputados de ochenta a quince. Para cada uno de ellos se asignó un equipo de siete personas con cargos y salarios estandarizados. Se dijo adiós a los promotores deportivos y demás puestos *botellas*.[1] De esta forma, el órgano legislativo pasó de tener una planilla de cinco mil trabajadores a menos de doscientos. Mismo ejercicio se repitió en el resto de las instituciones logrando un ahorro considerable en los gastos estatales que se redirigieron a proyectos de inversión que fomentarían la creación de empleo.

---

[1] Término coloquial que se refiere a la adquisición de un sueldo sin realizar ningún esfuerzo físico ni mental. En algunos casos la "*botella*" entrega parte de su salario al responsable de haberlo colocado en ese puesto.

Atendiendo a los ejes de desarrollo, Salud y Educación fueron dos ministerios que se reforzaron, incluyendo lo referente a la Caja del Seguro Social (CSS). En resumen, Salud aglutinó TODA la prestación de servicios médicos, la CSS se centró exclusivamente en los programas de invalidez, pensión y muerte; esto conllevó un traspaso de instalaciones sanitarias que pasaron a estar bajo la potestad del Ministerio de Salud. En Educación, se plantearon claramente los objetivos para el futuro; entre ellos, incrementar la alfabetización, disminuir la deserción escolar y facilitar a los estudiantes la entrada al mercado laboral. Se eliminó el Ministerio de Desarrollo Social, así como el Ministerio de la Mujer, repartiendo entre las instituciones las funciones pertinentes.

Por supuesto, hubo protestas en todos los sentidos. Todas y cada una de ellas fueron escuchadas, pero no detuvieron el avance del DIP. La gente, poco a poco, se dio cuenta de que el plan iba en serio, muy en serio.

Para el 2045, la estructura de funcionamiento del estado panameño se redujo en 60 %, con los consiguientes ahorros presupuestales. En ese momento, el DIP desplegó el Plan 55, 5 áreas, 5 años: Panamá/San Miguelito, Colón, La Chorrera/Arraiján, Santiago y David. Un ambicioso proyecto centrado en mejorar de forma drástica las condiciones de vida en las ciudades: adecuación de calles, aceras, servidumbres, soterrado de cables (¡no más postes con alambres guindados!), limpieza, en general, mejora de los servicios públicos. Esto incluyó todo lo referente a señalización, cámaras de vigilancia y tráfico, ordenamiento vial, etcétera. A su vez, se fortalecieron las estructuras del tránsito para promover el respeto de peatones y conductores; entiéndase como un nuevo sistema de multas y sanciones.

Nuevamente, resistencia. Al final, la gente aprendió. Aprendió, por ejemplo, que, si se estacionaba en un lugar prohibido, su auto no solo sería sancionado, sino que podría ser remolcado y almacenado en dependencias del estado. Además, no solo pagaría la multa, también la grúa y el almacenaje; y de no retirar el vehículo en menos de 30 días, se procedería a subastarlo para cubrir con los gastos incurridos. Doloroso, sí; efectivo, por supuesto.

Fueron años de caos. Imagínense la ciudad desbaratada, las instituciones de luto por su pérdida de poder y los ciudadanos confundidos con los cambios.

En el 2050 el Plan 55 estaba, en promedio, en un 80 % de avance. Se estimaba que en dos años se podrían terminar con todas las acciones. La nueva zona económica especial del Canal (ZEEC) llevaba veinticuatro meses en funcionamiento atrayendo inversión extranjera. Nuevas empresas se afincaron en el istmo y comenzaron a florecer dentro de esta locura de transformación.

¿Saben algo? Los ciudadanos estaban felices. El PIB mantuvo su crecimiento entre el 9 y el 11 %. El desempleo cayó a una tasa del 2 %; incluso fue necesario importar mano de obra extranjera para cubrir ciertas vacantes. Panamá crecía, brillaba y eso se reflejaba en la sonrisa del pueblo. En el 2054, por primera vez, la deuda externa se redujo. ¡SÍ, SE REDUJO! No solo eso, éramos un ejemplo para el mundo. Lo que pudo significar nuestra ruina, se convirtió en el trampolín que lanzó nuestros sueños más allá del cielo.

Hoy en día no todo es perfecto y existen problemas, pero no quiero quitarles más tiempo. Espero que esta breve introducción les sirva para conocer nuestro pasado; ahora están a punto de leer más sobre nuestro presente en el año 2057.

CAPÍTULO 1
El tercer tratado

Miércoles 3 de enero de 1990 – 13.10 horas

Sentado en el búnker del Palacio de las Garzas, el presidente esperaba. La misiva de la embajada americana lo sorprendió a medianoche citándolo a primera hora de la tarde. Sus dedos tamborileaban sobre la mesa de teca, mientras sus ojos no perdían detalles de los monitores de las cámaras que barrían los alrededores de Casco Viejo. Tras la operación Causa Justa, la ciudad ardía, los ciudadanos se refugiaban en sus casas y controles militares estadounidenses trataban de restablecer el orden.

Nombrado hace meses, hoy era la primera vez que podía entrar al palacio. La dictadura usurpó su mandato, lo que desencadenó toda una serie de eventos que elevaron la tensión y terminaron en la invasión del 20 de diciembre. Invasión, operación, ¿qué más daba? El país cambiaba por segundos y él, allí sentado, esperando a un militarucho del Comando Sur. «*Fúckines*[2] gringos», pensó el mandatario. Podía odiarlos, o tolerarlos, pero en el fondo sabía que *revolver la paila* era necesario para lograr cambios.

Se quitó los lentes y los limpió con un paño de gamuza color gris. Volvió a calárselos en el preciso momento en que un *pick up* oscuro, posiblemente un Ford F 150, subía por la loma del Mercado de Mariscos. Siguió su avance a través de las cámaras. El vehículo se detuvo en el control de acceso al área de la presidencia. La reacción de los policías militares del ejército invasor no se hizo esperar; dos de los *empís*[3] apuntaron con sus M16 al conductor y un tercero se aproximó cauto a la ventanilla izquierda. Vio cómo los uniformados se cuadraban súbitamente saludando con energía. Levantaron la barrera y permitieron el acceso a quién diablos fuese en el auto.

El refugio presidencial tendría unos ciento veinte metros cuadrados, distribuidos en seis dependencias. El lugar donde esperaba el presidente era denominado el Centro de Mando, el cual estaba ubicado en la parte este; ocupaba algo más del treinta por ciento de la superficie con toda una pared repleta de pantallas, computadoras y equipos. Este centro de mando permanecía aislado del resto por mamparas de cristal a prueba de balas y solo se podía acceder a él a través de una puerta resguardada por un teclado numérico.

Mientras el vehículo paseaba por los distintos monitores, el presidente encaró a su segundo. Solo ellos dos estaban en la habitación. A través de las paredes transparentes podía ver a otros

---

[2] Expresión despectiva, derivada de "*fuck*" en inglés, que puede traducirse como "*jodidos*"

[3] Expresión coloquial que hace referencia a la pronunciación de las siglas MP (Militar Police) que lucen los soldados de ese estamento en las mangas de sus uniformes.

dos militares estadounidenses custodiando la puerta de entrada al pasillo donde estaba el ascensor.

—¿Qué opinas, Billy? —cuestionó el mandatario.

—No tengo idea. El tipo ya está subiendo las escaleras de la entrada, en breve lo tendremos aquí.

El presidente se giró buscando la figura del visitante. En los tonos grises de la imagen pudo distinguir a un individuo alto, de raza negra y ataviado con el uniforme de gala de la marina, de un blanco impoluto y con la pechera cubierta de medallas. En su mano derecha llevaba un maletín ligero que bien podría estar manufacturado de cuero.

Pocos minutos después, la imponente figura del militar franqueó las puertas del lugar. Los guardias lo saludaron ceremoniosamente y, con paso decidido, se encaminó hacia la sala acristalada. Los dedos del visitante recorrieron vertiginosos el teclado y la puerta se abrió con un zumbido.

El presidente se levantó y tendió la mano al soldado, quien se la apretó con formalidad, casi envolviéndosela gracias al tamaño de su zarpa. No solo era alto, sino altísimo, con unas espaldas enormes, bien podría ser jugador de baloncesto; no aparentaba más de cuarenta años, pensó que incluso menos.

—Caballeros, por favor, siéntense —sugirió con amabilidad el uniformado.

El recién juramentado mandatario lo miró de arriba abajo, para luego aceptar la sugerencia y presidir la cabecera de la mesa. El desconocido lo imitó.

—Soy el capitán de la marina, Henry Deveraux, al mando de la División Dragón del Comando Sur. Tengo unos pap...

—¿Qué es la División Dragón? —cuestionó el presidente.

Algo le hacía desconfiar de ese hombre. Hablaba un perfecto español. Era divertido escuchar a los gringos arrastrando las letras o conjugando en un solo tiempo verbal; este individuo tenía pleno conocimiento del lenguaje y solo notaba en él un leve, levísimo acento del sur de Estados Unidos.

—Tengo unos papeles —prosiguió el capitán— que debe ver con urgencia ahora que está juramentado.

El hombre abrió el maletín y sacó un delgado cartapacio de color rojo. Se lo tendió al dignatario.

—Pudo entregármelos en la base donde me juramentaron, ¿por qué esta pantomima?

—Insisto en que debe verlos —apuntó con severidad el soldado.

El mandatario lo sujetó con suspicacia. Colocó la carpeta sobre la mesa y la abrió; dentro, tres hojas. Sus ojos apenas recorrieron el título y levantó la cabeza hacia el militar.

—Capitán, usted me está *grubeando*[4]. ¿Qué locura es esta? Los tratados Torrijos-Carter solo tienen dos tratados, no existe un tercero, todo el mundo lo sabe.

—Por favor, siga leyendo.

—Lee esta vaina —invitó el regente a su segundo.

Según avanzaba en la lectura, el presidente comenzó a transpirar. Gotas de sudor poblaron su frente. No era posible, no podía ser real. A mitad del tercer folio, el último folio, las firmas del general Torrijos y el presidente Carter. El tercer tratado, nadie lo iba a creer.

Casi dio un brinco cuando la voz del militar se alzó autoritaria.

—Nadie puede saberlo, Guillermo.

---

[4] Expresión coloquial que hace referencia a "*bromear*" o "*tomar el pelo*".

Era como si le hubiese leído la mente. No solo eso, al usar su nombre de pila, sin formalismos políticos, casi sin respeto, le demostraba que poco le importaba que él fuese el presidente.

—Nadie lo sabrá —prometió el mandatario.

Viernes 2 de septiembre de 1994 – 13.21 horas

—Coronel Deveraux, ¿cómo piensa que yo puedo ocultar esta información?

Esto era una locura. Apenas era su segundo día como presidente y se aparecía este *marine* a decirle que existía un tercer tratado, que nadie lo sabía y que nadie lo debería saber. Que solo por cortesía se le informaba al presidente y que los Estados Unidos de América tenían algo más que solo el Canal y un montón de bases en Panamá.

—Señor presidente, su seguridad, la seguridad de Panamá, su pueblo, y la seguridad del mundo depende de que esto siga siendo un secreto.

—Los panameños deben saber lo que se oculta aquí.

—No, eso fomentaría el pánico. Ni usted ni yo queremos eso. Guarde silencio, haga su mejor gobierno y mi país lo apoyará en lo que necesite, como siempre hemos hecho.

—¿Así como nos invadieron hace cinco años?

El mandatario miró con severidad al soldado, sin pestañear. No se iba a dejar amedrentar por el primer uniformado que se le presentase. El individuo sentado frente a él apoyó los codos sobre la mesa y entrelazó los dedos, parecía sopesar su respuesta.

—Ernest...

—Señor presidente, para usted.

—Ernesto, llevo en este negocio mucho más tiempo del que tú puedas imaginar o comprender. Esto —hizo una pausa para plantar los ojos en los tres folios sobre la mesa— va más allá de tus ínfulas de monarca recién coronado.

—¡Suficiente! No toleraré esta falta de respeto. El gobierno americano me debe una disculpa —estalló el líder, levantándose de la silla.

—Por favor, Ernesto, siéntate.

La voz fue apenas audible, dura, fría y afilada, tanto así que el presidente cesó en sus aspavientos. Miró a los guardias del Servicio de Protección Institucional (SPI) que custodiaban el búnker y cuando iba a hacer un gesto para llamarlos, se encontró con el hombretón moviendo la cabeza en señal de negación.

—Esto es lo que va a ocurrir, Ernesto. Vas a llamar tus soldaditos, ellos entrarán, me apuntarán, tratarán de detenerme y los mataré. Luego, volveré a decirte que debes guardar el secreto. ¿Me entiendes?

Las palabras resonaron en las paredes acristaladas del centro de mando. El mandatario tomó asiento. Apreció el brillo de los ojos del coronel. Tragó saliva y se aflojó la corbata que comenzaba a oprimirle la garganta. Una pequeña gota de sudor brotó en su sien izquierda; se la limpió con gesto apresurado.

—¿Qué pasará ahora, coronel?

—Nada, señor presidente, si todo va bien, usted no sabrá más de mí. En cinco años, el ciclo se repetirá. La División Dragón seguirá protegiendo la libertad del mundo desde las sombras.

—¿Desde las sombras?

—Desde las sombras, allí nos gusta estar.

—Y si...

—Entonces, que Dios se apiade de nuestras almas.

Jueves 2 de septiembre de 1999 – 13.21 horas

—Señora presidente, ¿tenemos un acuerdo?

La mujer levantó la vista de las tres hojas de papel que descansaban sobre la mesa construida con madera de un intenso color dorado marrón. Se retiró los anteojos de montura nacarada y, sin pestañear, sonrió hacia el uniformado que portaba un uniforme de la fuerza aérea estadounidense.

—Sí, coronel Deveraux, tenemos un acuerdo.

El militar recogió los folios y los devolvió a su maletín de cuero. En el momento en que se disponía a marcharse se escuchó la voz de la dignataria.

—Coronel, ¿cómo procede el acto del 31 de diciembre? ¿Nosotros también tomaremos el control de esto?

Deveraux no pudo contener la risa y una sonora carcajada pobló el cuarto de mando.

—No, mi estimada señora, esto nunca estará a cargo de Panamá. Su general y nuestro presidente así lo acordaron.

—Entiendo. Así será. Puede retirarse, coronel.

—Gracias, es lo que estaba haciendo.

Revisó el cierre del maletín, se dio la vuelta y abrió la puerta.

—Buenos días, señora presidente.

—Buenos días, coronel.

Miércoles 2 de septiembre de 2004 – 13.26 horas

«Quince», pensó el recién estrenado presidente mientras veía por las pantallas del centro de mando cómo el coronel Deveraux se alejaba en un mastodóntico *pick-up* negro. «Quince», se repitió. Dentro de sí, dudada de la cifra, posiblemente habría más.

¡Cuántas veces manejó cerca de ese lugar! ¿Cómo imaginarse que bajo una apacible superficie se alojaba tan devastador poder? Llevaban allí desde los años sesenta o cincuenta, su visitante no lo especificó; el presidente apostaba por los cincuenta, seguramente coincidiendo con el despliegue en Italia y Turquía. ¿Acaso los soviéticos conocían esa información cuando se *destapó el tamal*[5] en Cuba en el año 62?

Ahora, cuarenta años después, el país aún arrastraba una triste herencia de la Guerra Fría. Una duda le asaltó la cabeza. ¿Cuarenta años? No, seguramente ya no eran los mismos, los habrían modernizado. ¡Modernizar! En este caso, no se trataba de actualizar el *software* de una computadora, sino de magnificar la potencia destructiva.

Se levantó con cansancio. Estaba solo en el recinto. Sobre la mesa, una olvidada *laptop* de color negro. Levantó la tapa y la encendió.

Usuario: PresidentePanamá

Contraseña:

Debía introducir la clave para acceder. «*Cha madre*[6]», maldijo para sus adentros el presidente. Desde su teléfono móvil marcó un número. Dos timbrazos y le respondieron.

—¿Cuál es la clave de la *laptop* del búnker?

Esperó. Los segundos, convertidos en un par de minutos, se le hicieron eternos. Escuchó el nervioso bregar al otro lado de la línea. Tomó aire.

---

[5] Expresión coloquial que significa que se descubrió un secreto.

[6] Apócope de la expresión coloquial "Chucha madre" que denota exclamación entre el pueblo panameño.

Por fin, una escueta respuesta.

El mandatario tecleó:

G-u-e-R-R-e-R-o-$$$-1-9-0-3-1-1-0-3

La máquina le concedió acceso. Abrió el buscador de internet y realizó su consulta: ¿Cuál es la potencia de un misil nuclear?

Jueves 2 de julio de 2009 – 7.45 horas

Según el protocolo, el coronel Deveraux debía informar al recién nombrado presidente sobre el tercer tratado. Sentado frente a su *laptop*, esperaba la llegada del *mail* que le confirmaría la acción. Tamborileó con los dedos sobre la mesa de madera de palo de rosa. El militar se levantó y caminó por el recinto, su oficina-gimnasio-arsenal, ubicado en el sótano de su vivienda en la zona de Los Ríos en la ribera del Canal de Panamá.

Vestía unos *shorts* de tela sintética y una camiseta de los Ángeles Lakers. Se colocó delante del saco de boxeo, una monstruosidad de doscientas libras repleta de parches y remiendos. Sin ponerse guantes, ni ningún tipo de protección, comenzó a golpearlo. El rumor de los puñetazos fue adquiriendo mayor sonoridad mientras los impactos se sucedían aumentando de rapidez e intensidad. Ese era su lugar preferido. Alejado de todo ruido, de cualquier interrupción, podía pensar con tranquilidad.

A su derecha, una pared de cemento desnudo estaba empapelada con multitud de fotografías donde él aparecía. En todas y cada una, salvo cambios en su vestimenta, el militar tenía el mismo aspecto. En una de las fotos estrechaba la mano del fallecido presidente Kennedy, en otra, junto a un pequeño grupo de marines y al fondo unos campos petrolíferos incendiados durante la operación Tormenta del Desierto. En el centro del muro, dos fotografías muy distintas. La primera, situada a la izquierda, reflejaba el momento en que el presidente Theodore Roosevelt, vestido de un impecable blanco, imponía una condecoración en el pecho del coronel Deveraux tomando como marco de fondo la construcción del canal en el istmo. En la otra, el soldado esgrimía una enorme sonrisa ataviado con un uniforme de gala de la fuerza aérea, mientras trataba de manchar con un pedazo de pastel de bodas a una joven de larga cabellera negra y finos rasgos asiáticos.

Un aviso en la computadora detuvo su rutina de ejercicios. Se aproximó a la pantalla. La bandeja de correo parpadeaba: «Tiene 1 mensaje sin leer».

El coronel se sentó para revisarlo.

Estimado coronel Deveraux,

La actual elección presidencial ha demostrado la pérdida de rumbo del gobierno de Panamá. Sería arriesgado compartir información confidencial sobre el tercer tratado y las instalaciones secretas en territorio panameño. Aborte la comunicación planeada para el día de hoy. Usted y su equipo mantengan bajo perfil.

Durante casi cincuenta años, el coronel así lo hizo.

CAPÍTULO 2
El asalto

Jueves 24 de mayo de 2057 – 15.35 horas

El teniente Ares Espino se guarecía tras uno de los autos patrulla que acordonaban el Museo Antropológico de Panamá, ubicado en la Plaza Cinco de Mayo. El antiguo museo, un vetusto edificio construido como estación del tren transístmico en 1914, albergaba una de las mayores colecciones de arte precolombino, de la cual destacaba su valiosa colección de huacas confeccionadas en oro, valorada en cientos de millones de dólares.

Una ráfaga de ametralladora regresó al policía a la realidad. Por el estruendo, sospechó que se trataba de una de elevado calibre. Las balas impactaron sobre varios de los vehículos arrancando esquirlas del blindaje.

Oriundo de Las Tablas, se llevó la mano derecha al pecho y en rápido gesto hizo la señal de la cruz sobre la medallita de la Virgen de Santa Librada, bien guarecida bajo el chaleco de Kevlar y el uniforme azul reglamentario.

Una segunda descarga reventó los cristales de los almacenes al otro lado de la plaza. Luego, silencio. El silencio era bueno, mucho mejor que escuchar gritos de agonía.

—¿Alguien ve algo? —gritó el teniente Espino.

—*Chucha*[7], teniente, *no veo ni verga*[8] —respondió uno de los uniformados.

—Aguanten, que ya vienen los *Tecnos*.

—Ah, *pue*, de aquí no me muevo, teniente.

El estruendo de un motor V8 gasolina, sobreviviente a las normas de electrificación, fue el anuncio de la llegada de la Compañía Tecnológicamente Armada, apodada los *Tecnos*. El camión de color gris oscuro, con las letras CTA grabadas en los costados, avanzó raudo en dirección a la fachada del museo. Espino vio con claridad la torreta en el techo del vehículo.

—¡Llegaron los refuerzos!

Como si en vez de un aviso el grito fuese una orden, un silbante sonido salió del edificio.

—¡CÚBRANSE!

El impacto del misil sobre el morro del camión de los *Tecnos* generó una fortísima onda expansiva que lanzó al suelo al policía y terminó de astillar los cristales en un radio de cincuenta metros.

Espino se llevó las manos a los oídos. Se los masajeó tratando de reducir el insistente zumbido que lo martirizaba.

—¡*Chucha,* madre! ¡Tienen un *fucking* antitanques! —gritó el teniente, aunque ni él mismo se escuchó.

---

[7] Expresión coloquial y soez que hace referencia a la vulva y la vagina del aparato reproductor femenino.

[8] Expresión coloquial y soez que significa "*no veo nada*".

El metal del enorme furgón crujió y el policía vio salir de la parte de atrás a cuatro *Tecnos*. Estas armaduras tecnificadas llevaban en su interior un piloto rigurosamente seleccionado entre las filas de la policía, tenían una altura de dos metros y medio, la pintura que las recubría iba en sintonía con el armamento instalado; las que aparecieron era de un tono cenizo. Se rumoreaba que el blindaje les permitía soportar impactos de alto calibre, incluso explosiones. Sus movimientos fueron mecánicos; en algún lugar Ares había leído que los *Tecnos* eran capaces de desarrollar altas velocidades.

Las unidades se situaron frente a los restos de su furgón, levantaron los brazos y descargaron una andanada de disparos desde las ametralladoras instaladas allí. Las descargas de calibre 5.56 azotaron las paredes del museo. Los *Tecnos* volvieron a avanzar.

Un segundo cohete salió de la estructura e impactó de lleno en una de las armaduras, destrozándola por completo y lanzando por los aires a las otras tres.

«Adiós a los refuerzos», pensó Espino.

En ese instante, un ruido llamó su atención. Solo unos metros frente a la última explosión, dos tapas de alcantarilla saltaron por los aires y de ellas surgieron sendos individuos. ¡No podía ser! En la estación existían reportes acerca de ellos. Esta era la primera vez que los veía en persona. Se hacían llamar Caimán y Barú.

Caimán era un humanizado monstruo con rasgos de cocodrilo; caminaba en dos patas o piernas, lo que fuese. Sus manos armadas con garras del tamaño de dagas y una horrible dentadura de la que sobresalían los colmillos superiores. Era de complexión robusta, cercana a los dos metros.

Barú, por el contrario, era completamente humano, si es que pudiese haber hombres de esa envergadura. Casi tan alto como un *Tecno*, tenía una espalda tan descomunalmente ancha que el teniente no entendió cómo fue capaz de salir de la alcantarilla. Los documentos lo describían como un posible miembro del pueblo Ngöbe. Tenía un fuerte bronceado y una larga cabellera negra anudada en la espalda con una cinta de cuero. El indígena iba vestido con *short* bermudas de cuero negro, sobre el pecho y brazos, bandas también de cuero pobladas de infinidad de balines plateados, con el diámetro de una moneda de 25 centavos.

Cobijado tras la patrulla, el teniente Espino no perdía detalle de la situación. El resto de sus subordinados mantenían la cabeza gacha, como rogando porque los autos aguantasen un poco más.

Una fulgurante llamarada lanzó hacia afuera las puertas dobles del museo. Los dos individuos ni siquiera se inmutaron. De entre el humo salió volando un águila enorme de color azul que llevaba entre sus garras a un individuo vestido de negro. El ave avanzó algunos metros y lanzó al hombre a los pies de Caimán.

El enorme reptil se lanzó con las fauces abiertas sobre el cuello del asaltante y comenzó a desgarrar músculos y huesos con sonoras dentelladas. En segundos, la cabeza se separó del tronco y el ser la levantó triunfante con su mano derecha, para luego lanzarla contra el suelo. Un poderoso rugido surgió de las entrañas de Caimán.

Del interior del museo fueron lanzados dos asaltantes más. Barú avanzó con celeridad, parecía imposible que un humano de ese tamaño pudiese moverse así de rápido, y sujetó por los cuellos a ambos criminales. ¡Apretó! Los hombres se agitaron durante un momento porque las manos del gigante aplastaron las tráqueas, médula y cualquiera cosa que hubiese entre sus dedos. El ngöbe los lanzó hacia los lados.

—¡*Muertes, Muertes, Muertes*!

Espino se sorprendió por el sonido de la multitud que se agolpaba más allá de las barreras de contención. Eso también venía en los informes, los testigos aclamaban a los héroes por combatir el crimen organizado y ajusticiar a los criminales. El teniente no recordó que los reportes mencionasen detenidos, por el contrario, los asaltantes siempre eran aniquilados de manera brutal. ¡Buena fe podía dar hoy de ello!

El tableño se atrevió a levantarse. Llevó la diestra a su arma reglamentaria, una Glock 19, octava generación. Tal vez los héroes eliminaron la amenaza, pero él no podía permitir ese tipo de carnicería. Apuntó en dirección al reptil.

—¡Quietos! —gritó el teniente.

El rugido de Caimán le heló la sangre y casi se mea en los pantalones cuando la criatura avanzó hacia él.

—Oficial —la voz de Barú retumbó en la plaza—, no somos sus enemigos. Los ladrones fueron neutralizados. Permítanos a mis compañeros y a mí marcharnos.

—No necesitamos su permiso —chilló el águila con voz de mujer—, los veo en casa.

El ave elevó el vuelo y, tras unos segundos, desapareció.

—¡Dije quietos! —repitió Espino.

Los otros cinco policías se levantaron y también apuntaron a los extraños.

—Teniente, *¿usté* cree que las balas le harán daño a ese lagarto?

—Cállate, Chávez, y apunta a los desgraciados —ordenó el policía.

Una llamarada surgida de la nada se interpuso entre los uniformados y los vigilantes. El teniente, por un segundo, creyó atisbar el contorno de una forma humana de donde salía el ataque; luego se vio obligado a retroceder.

Cuando las flamas se disiparon, ya no estaban los homicidas.

—Se escaparon —bramó Espino—. Muchachos, ayuden a los *Tecnos*. Chávez, revisa a los ladrones, por si hay alguno vivo.

—Teniente, ¿qué reviso primero, la cabeza que está allá en la esquina o los cuerpos *destrampados*[9]?

—Coño, Miguel, ven conmigo a revisar el museo —ordenó el teniente.

Sin bajar el arma, Ares Espino avanzó hacia la destruida entrada del edificio. Se sentía observado. Varias veces giró la cabeza buscando quién o qué lo miraba. No encontró nada.

—¿*Qué'lo que'e*, teniente? Se ve asustado —exclamó Chávez.

—No me jodas, Miguel. Estos *hijo'e* putas acaban de masacrar a los asaltantes sin despeinarse. Y aquí hay alguien más, lo presiento.

—Menos mal que es de día, teniente, porque si no, su puta madre iba a entrar con *usté* al museo.

—Mi madre lleva ocho años bajo tierra, Miguel. ¡Respeta!

—Solo lo estoy *grubeando*, teniente, *usté* sabe que yo lo respeto.

Ares sonrió. Miguel Chávez era un buen policía y compañero. Compartían patrulla desde hacía ocho meses, y junto con los otros cuatro subalternos conformaban la unidad E asignada al área del San Felipe, Chorrillo, Santa Ana, Calidonia y Ancón. Miguel provenía del mismísimo Chorrillo; corregimiento por el que el DIP solo pasó de forma superficial debido a las protestas de los vecinos. Criado entre zaguanes, bandas y droga, Miguel salió adelante por la voluntad de hierro de su madre que planchaba doce horas al día en la lavandería de una familia china ubicaba en El Cangrejo.

—Vamos, Miguel, entremos.

---

[9] Expresión coloquial equivalente a "destrozados" o "despedazados".

Al cruzar el umbral, el teniente hizo crujir los cristales con sus botas. Escuchó gemidos a su izquierda. Volteó la cabeza en esa dirección.

Seis personas atadas y amordazadas estaban dentro de la recepción.

—Ayúdelos, cabo.

—Sí, teniente.

Ares vio a Miguel saltar con agilidad sobre el mueble para socorrer a los subyugados. Aprovechó para inspeccionar el lugar. Anclada frente a la entrada, una ametralladora de grueso calibre. La peste a pólvora era insoportable. La reconoció. Un modelo antiguo, una M60.

—Esto debería estar en un museo —murmuró Espino.

El lanzacohetes estaba tirado en el suelo junto a dos bolsas de lona negra y un cuarto cadáver. El hombre tenía el pecho desgarrado y el corazón a un metro del cuerpo.

Se agachó junto a las bolsas y abrió una de ellas. ¡Oro!

—Chucha, teniente, con un puñado de eso nos podríamos retirar —apuntó Chávez.

—Tu mamá no te crio ladrón, Miguel. Sabes que no podemos hacer eso.

—Pero podemos soñar, patrón.

—¿Cómo están los empleados del museo?

—Están como *ahuevados*[10]. Yo creo que los drogaron.

Miguel se agachó sobre el difunto y le retiró el pasamontañas. Ares pudo ver el tatuaje en el cuello del hombre.

---

[10] Expresión coloquial que hace referencia a una persona atontada.

—Son de la banda Kabul.

—Ya lo vi, Miguel. Tanta vaina *pa* solo dos bolsas de oro.

—Es *buco*[11] oro, teniente.

—No *pa* cuatro sicarios... *Estamos como el huevo*[12], Miguel, busquemos en la parte de atrás. Por algún lado tenían que escapar.

El teniente Espino corrió por el pasillo hacia la parte trasera y lo vio. En medio de lo que podría ser la zona de entregas, estaba una furgoneta coreana tipo *van* llena de herrumbre y con la defensa sujeta con alambres. Un individuo enmascarado sujetaba el volante.

—¡Verga! —gritó Miguel.

—¡Levanta las manos! —ordenó el teniente—. ¡Levanta las putas manos o disparo!

El conductor no hizo ningún gesto, nada.

—Acércate, Miguel, yo te cubro.

El policía se aproximó al vehículo.

—Está muerto, teniente, le rebanaron el cuello.

—Puta madre, ¿qué pasa aquí?

—Fueron las *Muertes*, teniente, así trabajan ellas.

—Son unos animales. Cinco muertos para detener un robo.

—Véalo de otra forma, teniente, cinco maleantes menos de los que preocuparnos. No le meta mente y vayamos por unas pintas bien frías.

El teniente Espino miró hacia el museo. Cinco cadáveres, un robo de millones de dólares frustrado y unos asesinos que actuaban como

---

[11] Expresión coloquial que significa "bastante".

[12] Expresión coloquial que se refiere "no darse cuenta de lo que está ocurriendo".

superhéroes. Las cervezas sonaban bien, pero le iba a tomar horas terminar el papeleo.

CAPÍTULO 3

El contrato

Viernes 25 de mayo de 2057 – 7.55 horas

Sentada en el avión, la camarada Ivanka Pushkin disfrutaba el descenso hacia el aeropuerto de Panamá-Pacífico. A sus 51 años ostentaba el rango de coronel y era la cabeza de la Oficina OT (Apoyo técnico y operaciones) del Servicio de Inteligencia Exterior (SVR) de Rusia. Con una recia formación militar, la coronel participó en diversas incursiones durante la guerra de Ucrania dentro de la unidad Serpiente (Zmeya) de los comandos Spetsnaz. Escaló posiciones en el gobierno ruso que la llevaron a ser la más joven dirigente dentro del SVR. Sus aspiraciones no terminaban allí; ansiaba tomar el mando de la entidad. Incluso en algún momento soñó con ser la primera mujer presidente de la federación rusa.

Catorce horas atrás, una llamada perturbó la tranquilidad de su departamento en Vladivostok. El timbrazo resonó en su cabeza gracias a los implantes cocleares. En menos de dos segundos, la soldado se incorporó para luego arriar a su joven acompañante fuera de su residencia. Una vez a solas, activó la pantalla holográfica del salón. La nítida imagen del camarada Nicolai Nabokov, director del SVR, apareció frente a ella.

—¿La pillo en mal momento, camarada?

—En lo absoluto, solo los capitalistas necesitan dormir a las dos de la mañana —apuntó la coronel con sarcasmo.

Nicolai se rio. A la coronel la risa se le antojó falsa, repulsiva. «¡Estúpido burócrata!», pensó Ivanka. Respondió con una sonrisa que buscaba no aparentar ser demasiado fingida.

—Tal vez debo esperar a que se vista.

La mujer sintió los golosos ojos de su superior recorriéndole el cuerpo desnudo. Era consciente que su físico despertaba deseos en ambos sexos. Un entrenamiento exhaustivo, una alimentación equilibrada y un régimen de vida disciplinado contribuían a mantener tersa su piel, remarcados sus músculos y elevados sus pechos. Se sentía orgullosa de sus senos y sabía que, si los usaba bien, podrían tirar más que dos carretas.

—A los Spetsnaz no nos incomoda la desnudez, camarada director, pero sé que puede confundir a algunos miembros del partido. Siempre he pensado que los grandes líderes deben venir del ejército —mencionó Ivanka mientras se enfundaba en una bata de seda negra.

—Afortunadamente para mí, esos tiempos han pasado y el partido valora otras cualidades, no solo el descaro y la belleza. Ahora vamos al grano, necesitamos una incursión inmediata y contundente contra el gobierno estadounidense. Esa es su especialidad, ¿verdad, coronel?

—¿Dónde y cuándo?

—Panamá. ¡Ya! —anunció el director.

—Enterada.

Tres vuelos, catorce horas. En este último tramo, y tras una breve escala para desayunar en El Yunque, la embajada rusa en La Habana, el avión de la Fuerza Aérea Rusa, VVS, iniciaba la aproximación al aeropuerto. Distinguió, en el extremo de la pista, dos camionetas Sequoia de color negro. Los rayos del sol arrancaban esplendorosos destellos de los capós. La aeronave traqueteó sobre la pista de la antigua base aérea norteamericana hasta detenerse a escasos veinte metros de los *SUV*.

Ivanka se levantó con soltura del butacón de cuero blanco. Estiró su traje gris de Channel y tomó su maletín. Siempre le gustó viajar ligera. Se ajustó los negros zapatos Ferragamo, caminó decidida hacia donde la tripulación, dos capitanes y un sobrecargo la aguardaban.

—Capitán Sokolov, excelente viaje, le agradezco sus servicios.

—Un honor tenerla a bordo, coronel —respondió el capitán.

La mujer distinguió una nota de tristeza en el rostro del joven aeromozo.

—Corazón —le dijo al muchacho, palmeándola la mejilla izquierda—, en mi trabajo, lo rápido y eficaz es muy gratificante. Tú fuiste ambas cosas. Espero con ansias mi vuelo de retorno. Caballeros, los veré pronto.

—A sus órdenes, coronel —corearon los tripulantes.

La camarada Ivanka tuvo que agacharse para sacar su metro ochenta y cinco por la puerta del avión. Antes de descender la escalinata, se caló, sobre sus profundos ojos azules, unos lentes de aviador marca Ray Ban. La brisa matutina del aeródromo le alborotó los rubios y largos cabellos, creando una especie de aura alrededor de su cabeza.

Cinco escoltas, vestidos de rigurosos trajes negros, trotaron hacia la escalerilla. Un suave zumbido eléctrico le indicó que ambos autos permanecían encendidos. Echaba de menos los tiempos de la gasolina.

El quinteto se llevó con agilidad las manos a la sien derecha, saludándola.

—Descansen. Nuestra agenda apremia. ¿Tienen las coordenadas de mi destino?

—Sí, mi coronel —atestiguó el más alto de ellos.

La directora del OT miró al individuo de arriba abajo. Luego recorrió con la vista al resto de los acompañantes. Espaldas anchas, músculos abultados debajo de las chaquetas; buenos soldados, sin duda.

—¿ETA? —cuestionó la coronel.

—Ocho y treinta y cinco, señora.

Uno de sus guardaespaldas le abrió la puerta derecha del segundo vehículo.

—Vladimir y Sergei irán con usted. Su conductor es el sargento Petro. Yo soy el capitán Iván Eristoff. Es un honor tener a una directora del SVR bajo nuestra protección.

—¿Fuerzas terrestres?

—Sí, coronel —confirmó inflando el pecho el capitán Iván.

Ivanka sonrió para sus adentros. Un Spetsnaz era equivalente a diez o quince soldados regulares. Si algo pasaba, ellos podrían contar con que ella los protegería. La sonrisa se hizo presente mientras tomaba asiento en el interior del Toyota.

En segundos se pusieron en marcha. Ivanka distinguió un tercer automóvil en la entrada del aeropuerto; una vez traspasado el portón, el vehículo se colocó en su retaguardia. «Por lo menos se leyeron el manual», pensó Ivanka.

La pequeña caravana avanzó al límite permitido de velocidad. A ambos lados del camino, una vegetación espesa. En pocos minutos hicieron un alto en la entrada al pueblo de Veracruz; una pintoresca población de pescadores que se distinguía por una hermosa playa, restaurantes de mariscos a la vera del mar y una población trabajadora proveniente de diversas regiones del país.

Ivanka no necesitó asomarse. Los retenes eran muy típicos de la idiosincrasia panameña. Esperó con paciencia hasta que su grupo volvió a ponerse en marcha. Giró su muñeca izquierda, su reloj Cartier, con hermosos diamantes incrustados, marcaba las 8.19 a. m.

—Coronel —espetó de improviso el sargento Petro—, ¿por qué una ubicación tan desolada?

La miembro del SVR no pudo menos que sonreír por el descaro, o inocencia, del sargento.

—Sargento, ¿cuánto tiempo lleva sirviendo a la Madre Rusia? —cuestionó la oficial.

La coronel vio, a través del espejo retrovisor, que el sargento tragaba, quizás maldiciendo su desfachatez al inmiscuirse en los asuntos en alguien de tan alto rango.

—Catorce años, señora.

—¿Ha estado en combate?

—No, señora —contestó con humildad el sargento.

—Entiendo. ¿Y ustedes? —preguntó Ivanka, dirigiéndose a sus otros dos acompañantes.

—No, coronel.

—Muchachos, llevo 31 años sirviendo a nuestro país. Conozco rincones de este mundo que ustedes serían incapaces de encontrar en un mapa. Créanme si les digo que este lugar no tiene nada de desolado. Inhóspita es la estepa siberiana, donde nos lanzaban con apenas lo puesto para sobrevivir. Para un Spetsnaz, un lugar como al que vamos es casi un parque de diversiones.

Los soldados callaron. Dejaron atrás el poblado de Veracruz para meterse por un camino de tierra bordeado por paja canalera, una hierba invasora proveniente de Asia, tan verde como cortante. El camino se complicó, la tierra apisonada se pobló de cráteres de barro.

La coronel atestiguó que a las 8.34 a. m., la comitiva se detuvo frente a un portón hecho con malla de ciclón, el cual estaba cerrado con gruesas cadenas y un candado marca Yale. Un herrumbroso letrero anunciaba el proyecto minero de Puerto Bique, posible reflejo de la veda minera impuesta en el 2023. Ivanka bajó la ventanilla.

Frente a ella, hasta lo que alcanzaba la vista, construcciones abandonadas en precario equilibrio. Varios camiones con portentosos neumáticos estaban atorados como viejos dinosaurios en un pantano de brea. Sus bien entrenados ojos recorrieron la instalación, memorizando los lugares y trazando rutas de ataque y escape.

Escuchó el caer de las cadenas, luego el chirrido de las bisagras cuando las puertas se abrieron. Los vehículos avanzaron.

—¿Qué armamento tenemos? —preguntó Ivanka.

—Cada uno de sus escoltas llevan las Tokarev reglamentarias, el nuevo modelo TT-45. Ocultos en los maleteros, tenemos una docena de AKs, así como un Vector-150 en cada vehículo. Por supuesto, algunas docenas de *limones*[13] —respondió orgulloso el sargento Petro.

—Bien. Nuestro encuentro no debe tener complicaciones, pero es bueno estar preparados. Quiero a todo el equipo con sus fusiles.

—Sí, coronel —confirmó el sargento.

Antes de que el soldado pudiese enviar las órdenes, la coronel agregó:

---

[13] En jerga militar significa "granadas".

—¿Algún Dragunov?

—Solo el mío, coronel —respondió Petro.

—Sargento, me sorprende gratamente saber que es algo más que un chofer. ¿Ve la grúa de la izquierda?

—Sí, señora.

—Lo quiero arriba en menos de cinco minutos.

—Sí, coronel.

Mientras sus escoltas se preparaban, la coronel observó nuevamente el reloj: 8.39 a. m. Su cita era a las 8.50 a. m., tenían tiempo de sobra para alistarse. Abrió su maletín; dentro, un expediente de color negro con letras doradas que rezaba: «Las Cinco Muertes». No necesitaba volver a ojearlo, la información era escueta, contundente. Los mal llamados héroes bananeros, no eran más que criminales que se dedicaban al narcotráfico y los robos encubiertos. La pantalla holográfica del vehículo le mostró el titular con el que amanecía Panamá: «Las *Muertes* frustran asalto al MARTA». La población los adoraba. La policía no los investigaba; la militar intuyó posibles sobornos y corrupción.

—Tres individuos acercándose por el norte —radió el sargento Petro—. ¡Uno es enorme!

La coronel abrió la puerta del auto y emprendió la marcha hacia sus invitados a las 8.47 a. m.

Allí estaban los tres. El indígena, Barú; la de pelo azul, Jauría; y Arena, a quien sus fuentes apuntaban como el líder de *Las Cinco Muertes*. La chica caminaba casi rozándose con Arena; olió la relación amorosa.

—Agradezco la puntualidad —saludó la coronel.

Arena, quien no podría tener más de treinta años, se aproximó tendiendo la mano.

—Es un placer conocerla, coronel. Yo soy Arena, mis compañeros, Jauría y Barú.

—Encantada. Conocemos bien a la señorita Castillo y al señor Toledo.

La rusa apreció una mueca de disgusto en la amante de Arena.

—Veo que ha hecho su tarea, coronel —apuntó Arena.

—Como comprenderá, mi gobierno necesita conocer a sus posibles colaboradores. Sí debo reconocer que fallamos en encontrar información sobre usted, señor...

—Arena. Me gusta mantener ese anonimato.

—Lo comprendo. Quizás por eso nunca mencionan su nombre en las noticias. Puedo suponer que Lava y Caimán están cerca.

—Un encargo del gobierno ruso no se toma a la ligera. Sus hombres están bien armados. No me culpe por tomar precauciones.

—Sería muy ingenuo por su parte si no lo hiciese. Dejémonos de esta charla insulsa y vayamos al grano —sugirió Ivanka.

—Somos todo oídos.

—Desde hace casi cien años, el gobierno estadounidense mantiene una base militar secreta en Panamá a la que denominan «El Maizal».

Ivanka hizo una pausa. Arena mantuvo la compostura, a diferencia de sus compañeros que recibieron la noticia con un gesto de sorpresa.

—Queremos que nos ayuden a tomar el control de esa instalación —manifestó la coronel.

—¿Solo eso? —cuestionó Arena.

—No. Esa instalación alberga, como mínimo, una docena de misiles nucleares. Deberán reprogramar los objetivos y dispararlos. Eso sería todo.

Arena emitió una poderosa carcajada.

—Si las *Muertes* hiciéramos eso, nunca más seríamos los héroes de este país. El pago debería ser jugoso.

—Mi querido muchacho, ¿significa eso que estás interesado? —preguntó Ivanka, sonriendo.

La coronel esperó la respuesta mientras los estudiaba. Según sus reportes, la muchacha era una extremista ecológica con una asombrosa capacidad polimórfica que le permitía emular a cualquier animal. Era ciudadana panameña, buscada por el incidente del Summit en el cual puso en libertad a decenas de animales. La información del indígena, José Toledo, era aún más escasa; superfuerza y poderes de control de la geodinámica.

Quien representaba un completo enigma era Arena. Ningún dato, nada. El joven era un auténtico misterio. ¿Sería la inteligencia su don?

—Coronel, efectivamente, mi equipo y yo estamos interesados.

—Me alegra escuchar eso. Nuestra oferta para su grupo es de quinientos millones de dólares.

Arena se rio.

—Eso son apenas cien millones para cada uno de nosotros. Solo ayer conseguimos cincuenta millones y las masas nos aclaman como sus salvadores.

—Por favor, querido, disculpa mi desliz informativo. Nuestra oferta es de quinientos millones para cada uno de los cinco miembros de las *Muertes*.

La coronel pudo ver que el indio y la chica de pelo azul abrieron los ojos en señal de asombro, quizás soñando con las riquezas que le prometía.

—¿Quinientos para cada uno? —cuestionó Arena.

—Muchacho, si cumplen este trabajo, su fama será tan grande que los pondrá a ti y a tu equipo en las ligas mayores de los terroristas internacionales. Tal vez hasta podríamos ponerlos en nómina permanente. En cualquier caso, arrasaremos la economía gringa hasta sus cimientos, luego Rusia y sus aliados se alzarán como la mayor potencia mundial.

—¿Y si contraatacan?

—¿A quién? Esa es la belleza de este plan; serán sus propios misiles los que los destruyan.

—Tomarán represalias. Atacarán Panamá —aseguró Arena.

—Desde el incidente nuclear de río Indio, Panamá se ha convertido en una pequeña ONU. La comunidad mundial no permitirá un ataque contra el istmo. Escucho muchas objeciones, quizás nos equivocamos al elegirlos.

La coronel percibió una ligera molestia cuando se activaron sus escudos neurológicos.

—Muchacho, no es cortés hurgar por los rincones de la mente de una dama. Alguien de mi posición está preparado para repeler cualquier tipo de agresión mental. Eso sí, te agradezco que me hayas confirmado cuáles son tus poderes.

Una mueca de disgusto vistió el rostro de Arena.

—¿Aceptan el contrato o no lo aceptan? —preguntó con voz neutra Ivanka.

En ese momento, la coronel percibió una suave brisa en su costado izquierdo, como si algo o alguien pasase a su lado. Se llevó una mano a las gafas de sol simulando ajustárselas, aunque lo que hizo fue activar el espectro térmico. Sí, allí estaba. Flotando a unos metros sobre Arena, las curvas femeninas atestiguaban la presencia de Lava, un ente perpetuamente invisible al ojo humano y con emisión de llamas de fuego como su máximo poder; o por lo menos eso rezaban los reportes.

—¡Mil millones! —exclamó Arena.

—Setecientos.

—Novecientos.

—Ochocientos millones. Si pudieses leerme la mente, sabrías que esta es mi última oferta. Si aceptan, se llevarán cuatro mil millones de dólares. Hoy mismo transferiré la cuarta parte de ese monto a sus cuentas.

—Es un placer hacer negocios con usted, coronel. Las *Muertes* están a su servicio —confirmó Arena.

«Por fin, un poco de sensatez», pensó Ivanka.

—Dígame, coronel, ¿cómo encontramos ese maizal? Panamá es pequeño, pero hurgar en 75 000 kilómetros cuadrados nos llevará tiempo.

—Existe un hombre, un viejo amigo; sospechamos que conoce la ubicación. Me citaré con él en los próximos días. Les avisaré del lugar y hora de la reunión. A partir de allí, lo dejo en sus manos —explicó Ivanka.

—Y puedo preguntar quién es ese hombre.

—El coronel Deveraux, un apuesto soldado de piel de ébano y músculos de acero, a quien, desafortunadamente, jamás he podido catar.

CAPÍTULO 4
La investigación

Viernes 25 de mayo de 2057 – 20.35 horas

El teniente Espino cerró con todas sus fuerzas la puerta del comisionado Suárez. «Estúpido corrupto», maldijo por dentro. La madera resonó sobre el marco con un sonido seco. Sentados en sus escritorios, una docena de uniformados levantaron la cabeza. Ares distinguió muecas de sorna en los rostros de los policías.

—¿Tengo monos en la cara o qué? ¿Qué *chucha* miran? —espetó cabreado el tableño.

Con pasos firmes y apresurados se dirigió a su puesto. Repasó con la mirada a los funcionarios que contenían las risas. La rabia dio paso a la desilusión y se dejó caer sobre la silla giratoria. Se contuvo para no golpear la mesa y terminó colocando ambas manos sobre la plana superficie. Sus ojos volaron sobre las pocas pertenencias que adornaban el puesto de trabajo: un cubo *Rubik* que ya no giraba, una pluma Cross plateada con el grabado «Te queremos, tus padres», y una foto en un marco de madera rojiza. Como tantas otras veces, extendió su brazo hasta tomar la fotografía. La impresión tenía veinte años y no era ni tridimensional ni holográfica, sino vieja tecnología sobre papel satinado. En la imagen, él y Vivian, el amor de su vida, se abrazaban. Un compañero de estudios los inmortalizó durante un invierno en el MIT. Ella estudiaba Física Nuclear y él la conoció cuando asistió a un seminario de criminología y balística. Fue un flechazo. Su verdadero amor, su único amor.

—¿Qué le pasó, patrón? Cada vez que agarra la foto de Vivian es porque anda *emputado*. Pase la página y déjela descansar —sugirió Miguel.

Ares emitió un gruñido.

—Cuénteme, que yo lo escucho —sugirió el cabo.

Con pausados movimientos, el teniente regresó la foto a su sitio, no sin antes deslizar con suavidad su dedo índice sobre el rostro de la muchacha.

—El cabrón del comisionado me ordenó abandonar la investigación de las *Muertes* —explicó el teniente.

—Es que *usté* es terco, si yo le dije que eso no iba *pa ningún* lado.

—Se perdieron cincuenta millones en piezas de arte del museo y me dice que no siga investigando, que solo fueron daños colaterales. ¡Cincuenta millones de dólares!

—*Chief*, dé gracias que no nos cargaron el muerto a nosotros. En otros tiempos, habrían dicho que *usté*, yo y los muchachos nos llevamos el oro; a estas alturas estaríamos de camino a Punta Coco. Olvídese de esa vaina. Nosotros cumplimos con nuestro trabajo.

—¿En serio? Dime que toda esta corrupción no te corroe el alma honesta que llevas por dentro.

—Coño, jefe, se nos puso poeta. Esta alma honesta lo único que quiere ahora es terminar el turno y meterse unas pintas *pa celebrar* un día más sin plomo en el cuerpo.

Miguel terminó su comentario con una carcajada. Ares no pudo menos que sonreír y dejarse contagiar por la risa de su compañero.

—Ese plan *tá* bueno, pero hoy paso, Miguel, me voy a casa a descansar.

—Pero descanse, olvídese de esas *Muertes*.

—Sí, sí, me voy a olvidar de eso. Nos vemos mañana.

—Jefe, recuerde que un clavo saca a otro clavo, tengo una amig...

—Gracias, Miguel, otro día. Lo prometo.

Ares se levantó del escritorio y, sin mirar a nadie, se dirigió al garaje ubicado en el sótano de la comisaría de Ancón. Los sensores encendieron las luces LED del techo y un resplandor blanco azulado arrancó destellos de los autos estacionados. Vio el Mercedes negro del comisionado; durante un segundo pensó en rayarle la pintura. Descartó esa idea. Se acercó a su Rav4 año 2052; el vehículo lo reconoció y abrió la puerta del conductor.

—*Bienvenido, Ares* —lo saludó la voz del Toyota—. *¿Vas a conducir o quieres que yo te lleve?*

—Yo manejaré, gracias. Activa el modo *sport* y dame la ruta más corta a casa.

—*Como desees.*

En menos de un segundo, sobre el parabrisas se proyectó el camino a la morada del teniente, quien residía en un pequeño apartamento en San Francisco. Ares no se sorprendió del recorrido propuesto; en una ciudad pequeña como Panamá, tenía pocas opciones. Su tiempo de llegada estaba estimado en veintidós minutos.

Las puertas de la cochera del cuartel se abrieron automáticamente y el teniente se sumergió en el tráfico de la Avenida Ascanio Arosemena. Mientras sorteaba el congestionamiento, su mente volaba una y otra vez a los sucesos del museo. ¡Cincuenta millones! Y los periódicos solo hablaban de los grandes héroes: Las *Muertes*. Ladrones, asesinos. Estaba seguro de que ellos tenían comprado al comisionado. ¿Quién más estaría en la nómina de eso maleantes? Hizo memoria; en el último año, los *paladines* frustraron cuatro atracos a bancos, además de un par de joyerías. ¿Cuánto se habrían embolsado?

—¡Malditos! —gritó Espino, a la vez que golpeaba el volante.

—Tu respiración y ritmo cardiaco denotan que estás alterado, ¿quieres que conduzca? —ofreció el vehículo.

—¡NO! Llama a Duncan MacLeod.

—Llamando al agente especial Duncan MacLeod.

Después de tres pitidos, la imagen del agente apareció sobre el tablero, a la derecha del volante.

—Tableño, ¿cómo estás?

La afable voz de Duncan lo reconfortó. El estadounidense bordeaba los sesenta años y era un destacado perfilador del FBI afincado en las instalaciones de Quantico, donde no solo entrenaba nuevos agentes, sino que era parte activa de importantes investigaciones. Se conocieron durante un seminario en Bogotá en el año 2048 y entablaron una muy buena amistad. Incluso Duncan llegó a visitar Panamá y hace tres años vivió sus primeros carnavales apoyando a la tuna de Calle Abajo de Las Tablas.

—¡Bien! ¿Qué tal está mi *inmortal* favorito?

—No sé por qué te conté esa historia —respondió Duncan sonriendo—. Yo no tengo la culpa de que a mi padre le gustase tanto esa serie. Dime, ¿para qué me llamas? Dudo que me marques desde tu auto para socializar.

—Quiero que me ayudes con algo.

—¡*Shoot*!

—*Chequea* las noticias panameñas. Ayer frustraron un atraco en el MARTA. Las *Muertes* detuvieron y mataron a varios miembros de la banda Kabul.

—Las *Muertes* llevan tiempo operando en Panamá. ¿Qué te preocupa, Ares?

—Se perdieron cincuenta millones en piezas arqueológicas. Sospecho que fueron las *Muertes*.

—¿Qué dicen tus superiores?

—Mi comisionado es un *fucking* corrupto y me ordenó detener la investigación.

—Entiendo. A ver... HUM —comentó Duncan mientras se colocaba unas gafas de montura de acero—. Vamos a ver. No hay mucho por acá. Los informes contienen pocos datos. Cinco miembros. Comandados por un hombre de identidad desconocida, no hay imágenes del susodicho. Confirmado: Mónica Castillo. Confirmado: José Toledo. Confirmado: miembro de la raza teribhya. Confirmado: mujer. Eso es todo.

—¿Me estás *grubeando* o qué? Eso es menos que nada. Tuve a dos a solo un par de metros, un indio enorme y una especie de lagarto humano. Y un águila azul que hablaba. ¿De qué coño va esto?

—*Take it easy*, Ares.

—La información de metahumanos es muy clasificada.

—¿Metahumanos? ¿Estás hablando de gente con superpoderes? ¿Como en los cómics?

—«Hay más cosas entre el cielo y la tierra, Horacio, que las que puede soñar tu filosofía». Te hablo de personas con capacidades especiales.

—No me jodas, Duncan, ese lagarto no tenía nada de persona.

—Ese era un teribhyano.

—¿Qué *chucha* es un *teri vergas*?

El *inmortal* se quitó los lentes y le dedicó una mirada fría a Ares.

—Deja de comportarte como un chiquillo, Ares. Llámame cuando llegues a casa y sírvete un ron para que te relajes.

La comunicación se cortó dejando al teniente Espino refunfuñando. Aceleró la Rav4 rebasando a varios vehículos en la calle 50, tomó con agilidad la curva antes de la iglesia de Guadalupe, enfilando en dirección a la Vía Porras. Al pasar el supermercado Rey, giró a mano derecha. Avanzó dos manzanas y redujo la velocidad para tomar la rampa de su edificio, el Bioga II, una hermosa construcción de setenta plantas inaugurada hacía apenas tres años. Frenó el auto en la plataforma móvil que almacenaría el vehículo en los estacionamientos y bajó azotando la puerta.

—*Buenas noches, Ares, que descanses* —se despidió el Toyota antes de apagarse.

Mientras ascendía en el acristalado elevador hasta el piso cuarenta y ocho, apreció la hermosa vista de la bahía. Las sempiternas luces de los navíos marcaban la fila de espera para cruzar el canal.

La puerta de madera de teca de su apartamento se abrió cuando advirtió su presencia y las luces del interior se encendieron. El *loft* estaba decorado con sobriedad en tonos grises y azules. Los cincuenta metros de la parte inferior contaban con sala-comedor, cocina, baño de visitas y una terraza. La parte de arriba, en algo más de veinte metros cuadrados, alojaba el dormitorio y baño principal.

Ares siguió el consejo de su amigo, se sirvió un vaso de ron Abuelo y aspiró el aroma del licor. Las notas afrutadas le hicieron cosquillas en la nariz. Tomó un trago dejando que el añejado de cinco lustros en barrica de roble le acariciase las papilas. Un agradable calor se extendió desde el estómago hasta sus mejillas sonrojándole la piel del rostro. Se dejó caer sobre un butacón de cuero grisáceo.

—Llama a Duncan MacLeod.

El agente respondió más rápido que en su llamada previa.

—Ahora sí, Ares, ya activé la comunicación encriptada —saludó Duncan.

—Explícame esa vaina de los metahumanos —apremió Ares.

—Hace unos veinte años comenzaron a filtrarse informes sobre eventos que no podían ser explicados. Toda la información apuntaba a individuos con capacidades especiales, por llamarlos de algún modo. El ejército y la CIA fueron los primeros en reaccionar; buscaban incorporar a esos fenómenos a sus operaciones.

—No me lo puedo creer, ¿superhéroes? ¿Vivimos en una película de...

—Ares, sé serio, me estoy jugando el cuello contándote esto. Esto no es una película, es la realidad.

—¿Y tú te crees esa vaina?

El silencio que siguió a su pregunta hizo que Ares se sintiese incómodo.

—¿Tú te lo crees? —repitió el panameño.

—Mi amigo, llevo más de treinta años en este trabajo, he visto muchas cosas. No me creo que esto empezase hace veinte años; lleva ocurriendo mucho más tiempo y se ha dado una conspiración para encubrirlo y utilizarlos. Lo que pasó allá por el 2035 fue que se destapó el tamal y a partir de ese momento se intensificó el control de daños.

—Te lo crees —afirmó Ares.

—Sí, lo creo. No tienes idea cuántos perfiles he levantado de metahumanos.

—¡Superhéroes!

—No, no todos son héroes. La filosofía de Peter Parker no aplica para ellos y no siempre todos los que tienen un gran poder reflejan una gran responsabilidad.

Ares miró el ron que se mecía en su vaso, para luego tomarse todo el contenido.

—Tus *Muertes* no son héroes —prosiguió Duncan—, son villanos, supervillanos.

—Si lo saben, ¿por qué nadie hace nada?

—Porque a veces es más fácil lidiar con un problema ignorándolo; es la misma reacción que hemos tenido contra agentes que se nos enfrentaron y acabaron convertidos en dictadores. No hacemos nada hasta que nos colman la paciencia o hasta que interfieren en nuestro camino.

—No lo puedo creer.

—¿Qué no puedes creer? ¿Recuerdas nombres como Sadam y Bin Laden? Todos fueron monstruos que nosotros mismos creamos. En tu propio patio alimentamos a Noriega hasta que nos mordió la mano.

La mente de Ares convulsionó. Su ética y honradez se frustraron frente a tamaña realidad. ¿Qué podía hacer él? ¿Qué? Dejó el vaso sobre la mesita de vidrio frente al butacón y se llevó las manos a la cabeza mesándose los rubios cabellos hacia atrás.

—¿Cómo los detengo? —cuestionó Espino.

—No puedes, no estás a su altura. Ni tú, ni toda la policía de Panamá puede pararlos. Como tu amigo, te aconsejo que te olvides de ese asunto. Sigue tu vida y ruega por no volver a cruzarte en el camino de esos delincuentes.

—Me conoces, sabes que no puedo hacer eso.

—Lo sé.

—Ayúdame, Duncan, por favor.

El agente del FBI se quitó los metálicos lentes y le dedicó una seria mirada.

—Sé que no te detendrás, Ares, lo sé. Te voy a enviar uno de los enlaces que descubrimos en la *Darknet* para que investigues, solo para eso; no te puedo asegurar que aún funcione. No actúes hasta que vuelvas a hablar conmigo, trataré de conseguirte refuerzos.

Espino vio que un enlace, formado por extraños símbolos, parpadeó en rojo bajo la imagen de su amigo.

—Gracias —dijo Espino, cortando la comunicación.

El holograma del sexagenario se esfumó dejando el enlace titilando frente a él. Ares extendió la mano simulando tocarlo y un universo de información se desplegó ante sus ojos.

Repleta de mitos y leyendas, la *Darknet* era la parte más ínfima y oscura de la *Deepweb*. Si buscabas algo prohibido, lo que fuese, allí podrías encontrarlo. Reino de hackers, asesinos y terroristas, los navegadores comerciales eran infructuosos en descender a esas profundidades lo que permitía el anonimato para turbias transacciones.

¿Por dónde empezar? Él no era ningún experto. Movió las manos girando algunos archivos, la mayoría relacionados con noticias y fotos borrosas. ¡Nada! Deslizó las imágenes a la derecha. Encontró algunos reportes viejos. Descubrió que el águila azul era una mujer, la misma que mencionó Duncan. Estaba acusada de provocar la revuelta en el Summit donde liberó a decenas de animales alegando maltrato; la rebelión no prosperó y, mientras la muchacha escapaba, algunos animales perecieron por los disparos. Mónica Castillo, así se llamaba la joven, mantenía una orden abierta de arresto. La información era buena, pero le era de poca ayuda.

Ares se levantó para servirse más ron. La luna, que antes brillaba, se ocultó tras densos nubarrones. El brillo de relámpagos saltando en el cielo le anunció el aguacero que estaba a punto de caer. Se acercó a los cristales de la terraza y colocó una mano sobre el vidrio; la superficie estaba fría. Gruesos goterones azotaron las baldosas del balcón. Las luces de la bahía se difuminaron ante la fuerte lluvia. Volvió sobre sus pasos y se acomodó en el butacón. Estiró el brazo para seguir investigando.

Leyó todo lo que pudo. Siguió comunicaciones entre fanáticos de las *Muertes*. Vio ofertas de empleo para asesinos, ladrones e, incluso, secuestradores de alto nivel. No podía creer lo que se cocinaba en ese lugar. Sí, existía la división de crímenes cibernéticos, pero esto iba mucho más allá. Respiró con amargura; odiaba pensar que la justicia era burlada tantas veces. Desde pequeño deseó ser policía; quería combatir el crimen, servir a los demás y ayudar a construir un mejor Panamá. Su decisión le valió la desilusión de sus padres, que hubiesen preferido verlo de saco y corbata en los tribunales. «Allí también se combate el crimen», recordó que le dijeron. Ser abogado no era lo que su alma le demandaba.

Encontró un video. La imagen del hablante estaba distorsionada, apreciándose solo su contorno. Subió el audio; el galimatías que se escuchó tendría que ser fruto de algún algoritmo para encubrir el mensaje. Refunfuñó perdido en la inmensidad de la desinformación.

—¡Descifrar audio! —ordenó Ares.

—*Mis librerías no me permiten completar la tarea. Procederé a actualizarlas* —respondió la inteligencia artificial.

—¿Cuándo terminarás la actualización?

—*Tiempo estimado: 6 horas, cuarenta y tres minutos, y doce segundos.*

Ares arrugó la cara y volvió a concentrarse en el despliegue de datos. Pasó por cientos de lo que parecían ser folios escaneados y tachados con rotuladores. Se sorprendió al pensar que aún se usaban métodos arcaicos para ocultar la información. Aprendió sobre las *Muertes*. Como le dijo Duncan, Mónica Castillo era una metamorfa, cambia-forma o como sea que se le llamase. El gigante ngöbe se llamaba José Toledo, se le vinculaba a la destrucción de su aldea en las montañas de la Cordillera Central y el asesinato de su padre, Manuel Toledo. El hombre-lagarto, un teribhyano, se apodaba «Caimán». La raza Teribhya fue descubierta en el Tapón del Darién en el 2033 o por lo menos así rezaban los documentos del ejército gringo. ¿Por qué nunca escuchó sobre ellos? Lo encubrieron, por supuesto; ¿por qué lo hicieron? Su cabeza se llenó de dudas.

Indagó un poco más. Los teribhyanos no lucían como el sujeto de *Las Cinco Muertes*; en nada se parecían a reptiles. Siguió con su búsqueda. Esa raza era considerada muy violenta, destacaban como grandes cazadores. Sus miembros, explicaban los reportes, tenían una estatura promedio de dos metros, largos miembros superiores y una poderosa musculatura, superando con creces el estándar humano. Sus rostros eran afilados, con poco vello facial y largas melenas de color negro o castaño oscuro. Salvo por el tamaño, Caimán distaba mucho de coincidir con esa descripción.

Se levantó para servirse un poco más de ron. Un leve sopor lo hizo bostezar. El reloj le mostró que apenas pasaban de las doce. No solo podía, debía proseguir.

El cuarto miembro era una mujer. No encontró nombres ni imágenes. La palabra «invisibilidad» salió a relucir en varios documentos; también «llamas». Comprendió que de esa mujer fue de quien provino el fuego durante al asalto al MARTA.

Duncan mencionó algo sobre un líder no identificado. Se concentró en encontrar algo sobre él. Abrió decenas de carpetas. ¡Nada! Darse por vencido no iba con su naturaleza. Algo tendría que hallar.

«¿Qué llevaba a esos individuos a juntarse para delinquir?», pensó Ares. Si él tuviese cualquiera de esos poderes, los usaría para hacer el bien, proteger al inocente. No se le ocurriría usar esos dones para lucrar. Si le dieran la oportunidad, ¿qué poder elegiría?

—No seas estúpido. Deja de soñar —se regañó el tableño alzando la voz.

Escuchó un susurro. Giró la cabeza hacia la derecha para encontrarse con que la puerta de la terraza estaba abierta. La lluvia arreciaba y un charco comenzaba en la sala.

—Hola, mi dios de la guerra.

La femenina voz le acarició los oídos con lascivia.

El policía se levantó de un brinco.

—¡Vivian!

Inspeccionó el apartamento. No vio nada.

¿Cómo era posible? Cuando estaba juguetona, Vivian lo saludaba con esa frase; pero ella ya no estaba y él no creía en fantasmas.

Un relámpago llamó su atención. Creyó distinguir la silueta de una mujer flotando frente al balcón. ¿Acaso estaba soñando? Caminó hacia la puerta abierta. En ese momento apreció lo que semejaban empapadas pisadas sobre las baldosas de la sala; iban desde la puerta abierta hasta el butacón. ¡Era imposible! Otro destello eléctrico le confirmó que la presencia femenina lo observaba desafiando la gravedad.

—Vivian, ¿eres tú? —preguntó Ares al llegar a la barandilla de la terraza.

El cuerpo de la mujer se inflamó con llamas entre rojizas y azules. El tableño distinguió los ojos que centelleaban con un rabioso color amarillo, en donde debería estar la boca del ser surgió una mueca de horror. Las flamas se extendieron hacia él haciéndolo retroceder. Tropezó cayendo de espaldas sobre el encharcado suelo. El fuego lo cubrió por completo.

—¡NOOOOO! —aulló el teniente Espino.

—*... ficación terminada* —anunció la voz de la computadora.

—¿Qué? ¿Qué pasó?

—*Descodificación terminada* —repitió la inteligencia artificial.

Ares se irguió en la butaca dándose cuenta de que el ron y la investigación lo hicieron quedarse dormido. Miró hacia la terraza. La puerta estaba abierta. Se levantó en el acto y buscó algún rastro. Se agachó detrás del sillón donde pasó la noche. Deslizó dos dedos sobre el piso encontrándose con restos de agua.

—No puede ser —balbuceó el santeño.

—*Ares, sí, ya terminé de descodificar la grabación. ¿Quieres que la reproduzca?*

—¿Qué? Ah, sí, reprodúcela —confirmó el policía medio confundido.

—*La madre Rusia tiene un trabajo para ustedes. Nos vemos el viernes 25 de mayo a las 8.50 a. m. en las siguientes coordenadas: 8.89283741199958, -79.6516186731692.*

Ares se mantuvo unos segundos en silencio reflexionando sobre lo que acababa de escuchar. ¡Rusia! ¿Un trabajo? ¿Qué querrían los rusos de unos supervillanos? No podría ser nada bueno. ¿Buscarían desestabilizar el país? No, no tenía sentido. Panamá era un lugar muy neutral, centro estratégico para el comercio mundial y los negocios. ¿Controlar el canal? Eso era ridículo, ni los Estados Unidos ni el mundo lo permitirían.

—Muéstrame dónde quedan esas coordenadas —indicó el tableño.

Frente a él se proyectó el mapa de Google. La computadora fue haciendo zum en una zona cercana a Veracruz. Se posó sobre un lugar que rezaba: «Proyecto minero Bique». Las imágenes que le mostró la IA le presentaron un panorama de vehículos e instalaciones abandonadas.

Por un momento abrigó la esperanza de que las cámaras satelitales hubiesen captado a los malhechores. Como era de esperar, entre volquetes y camiones que sucumbían al óxido, no encontró rastros de ningún humano.

Confirmó la hora, las 7.23 a. m. Según la grabación, la cita se dio el día anterior; los emisarios rusos y las *Muertes* debieron tener su reunión hace más de veinte horas. ¿Habrían aceptado el encargo? Un día era tiempo suficiente para que algo hubiese ocurrido.

—¡Proyecta los titulares de las noticias!

Un sudor frío le corrió por la espalda al imaginarse que, a estas alturas, las *Muertes* ya habrían perpetrado alguna tragedia.

La fortuna lo acompañó y no encontró nada en las noticias que indicase algún acto terrorista, tampoco ningún robo. Tal vez no aceptaron la petición de los eslavos, tal vez. La duda y la desesperanza se cernieron sobre él. ¿Qué debía hacer? ¿Ir a Veracruz a investigar? ¿Hablarlo con el comisionado? ¡Qué estupidez! Después de lo de ayer, en quien menos confiaba era en la institución. Llamaría a Duncan, eso era lo más sensato.

—Llamar a Dun...

¡No! El FBI no tenía injerencia en esto. Su amigo asumió demasiados riesgos al enviarle la información para ahora pedirle que provocase una alerta mundial por un video que bien podría ser falso. La única manera de proseguir era encontrar a las *Muertes*. No cesaría su investigación hasta hallarlos, era su deber, su responsabilidad. Reparó en el fuerte dolor de cabeza que le martilleaba el cerebro. Buscó con la mirada la botella de ron, descubrió que solo quedaba una cuarta parte del líquido. No recordaba haber bebido tanto.

—Proyecta y amplía la información. Modo carrusel —ordenó Ares mientras se dirigía a la cocina. La superficie holográfica se triplicó llegando casi del piso al techo.

El oficial trasteó la cafetera y, en segundos, el olor de los granos recién molidos se esparció por el apartamento. Colocó una taza grande de color azul bajo el filtro de cerámica. Lentamente, las gotas de la infusión fluyeron hasta llenarla. Tomó un único terrón de azúcar y lo dejó caer sobre el café. Revolvió la mezcla con una cuchara de bambú, para luego tomar un primer sorbo. Sus ojos se abrieron como platos cuando su mirada captó algo en el despliegue informativo.

—Muéstrame la imagen anterior.

Sin soltar la taza, se acercó a la sala. En la fotografía que llamó su atención se apreciaba a una joven de piel morena que portaba un sujetador de encaje de color rojo. La muchacha esgrimía una sonrisa forzada. Se distinguía el brazo, el musculoso brazo de un hombre que parecía cobijarla; en la fuerte muñeca, una pulsera de cuero que debía tener unos diez centímetros de ancho. No le cupo duda de que quien abrazaba a la mujer era el forzudo de las *Muertes*, José Toledo.

Tras la pareja, un desgastado cuadro de marco rojo en donde se veían canes alrededor de una chica que bailaba desnuda sujetándose a una barra vertical, al más puro estilo de la famosa pintura de perros jugando al póker.

«No puede ser que eso siga allí», pensó Ares.

Recordó su último día de clase en el colegio. Sus compañeros inventaron ir a tomar unos tragos a «La mayorala», una de las más conocidas cantinas de la capital ubicada en la entrada del Casco Antiguo. Le dieron una propina al portero quien los dejó ingresar a pesar de ser menores de edad. En el local se extendían cuarenta mesas baratas con sus respectivas sillas, una tenue neblina indicaba que los concurrentes obviaban el decreto que prohibía fumar en lugares cerrados. Mujeres de todo tipo se paseaban entre los clientes luciendo minúsculas prendas; algunas de ellas estaban sentadas sobre los muslos de sendos hombres. Encontraron asientos disponibles por la mitad del local. Tras ordenar dos *cubetazos*[14], el tableño vio el cuadro de los perros y la bailarina que estaba frente a ellos. Era idéntico al de la foto de Toledo.

—Llama a Miguel.

Era consciente de que su amigo tenía el fin de semana libre, tal vez incluso no estaría en la ciudad. Debía conseguir su apoyo para lo que planeaba hacer.

Más de diez pitidos le bajaron la esperanza de encontrarlo. Al momento en que pensaba cancelar la llamada, escuchó la adormilada voz de su compañero.

—Coño, *dóctor*, no son ni las ocho.

---

[14] Expresión que hace referencia a pequeños cubos de metal que se utilizan en los bares para servir botellas de cerveza con hielo.

El santeño vio que el chorrillero estaba acompañado. Una mujer de negra melena y piel blanca como la leche dormía bocabajo en la cama.

—Miguel, buenos días, y si nos tomamos unas pintas en La mayorala.

—*Chucha*, *chief*, ahora sí estamos hablando, *pero'tá* pronto *pa* chupar. Además, tengo visita.

—Dale, nos vemos a la dos, así te da tiempo a terminar tus asuntos —accedió Ares con rapidez, buscando terminar pronto la conversación.

—Terminamos los *asuntos* como a las cuatro de la madrugada, así que ahora a ver si puedo dormir un poco más. Patrón, ¿por qué La mayorala? Conozco lugares con vasos y hembras más limpios.

El teniente dudó unos instantes. No le apetecía darle más detalles a su amigo. Podría inventar que aceptaba su consejo sobre los clavos que sacan otros clavos; Miguel no se lo tragaría, La mayorala no era el lugar para eso. Se sinceraría, ¿qué podía perder?

—Tengo una pista de las *Muertes*. Encontré una foto del indio grandote sentado con una de las mujeres de esa cantina.

«Ya estaba. ¿Qué podía perder?». Las palabras resonaron en su cabeza tratando de tranquilizarlo.

En el holograma, su compañero negó con la cabeza varias veces.

—Ares, ¿qué pretendes? ¿Ir a ponerle las esposas a ese gigante?

El tableño se sobresaltó. Pocas veces Miguel se refería a él por su nombre de pila; casi siempre su amigo jugaba al muchacho del gueto usando *patrón*, *chief*, incluso *dóctor*, acentuándolo en la primera «o».

—Te mandaron terminar con la investigación de las *Muertes* —prosiguió Miguel—. Tal vez tu trabajo no te importe mucho, pero a mí sí. No quiero problemas.

—Miguel, mi amigo, te prometo que no habrá problemas. Solo iremos a La mayorala a tomar unos tragos y a ver si podemos descubrir algo. Te lo prometo.

—Las *guiales*[15] de La mayorala se lo darán gratis antes que hablarle de otros clientes, se lo aseguro.

—Veo que sabes mucho de allí.

—Patrón, en tiempo de guerra cualquier hueco es trinchera —recitó Miguel, recordándole la filosofía popular.

—Entonces, ¿cuento contigo?

—Nos vemos allí a las dos. Si al tercer *cubetazo* no hemos averiguado nada, nos vamos. ¿Tenemos un trato?

—¡Tenemos un trato! —aseguró Aris.

—Ah, *dóctor*, yo soy chorrillero, pero *usté* huele tanto a *tongo*[16] que asustará a todo el lugar. Entónese un poquito antes de llegar, *pa* ayudarlo a disimular. ¿OK?

—OK.

El teniente cortó la comunicación. Suspiró. ¿Qué pretendía? Meterse en uno de los mayores antros de la ciudad, ¿para qué? Descubrir a una de las *Muertes*. Y si eso pasase, si por azares del destino, si por una mínima casualidad eso ocurriese, ¿qué haría? ¿Interrogarlo? «A ver, tú, huevón, ¿dónde está lo que robaste del MARTA? ¿Qué *chucha* querían los rusos de ustedes?». Claro, eso funcionaría a la perfección si ese huevón no midiera más de dos metros y fuese capaz de arrancarle la cabeza a un toro. ¿Lo manejaría más sutilmente? ¿Con más diplomacia? ¡No importaba! Resolvería ese tema llegado su momento.

---

[15] Expresión coloquial que significa "mujeres".

[16] Expresión coloquial para referirse a los policías en Panamá.

Faltaban seis horas para su cita en La mayorala, por ahora solo podía esperar.

Sábado 26 de mayo de 2057 – 13.54 horas

Ares Espino empujó la puerta principal de La mayorala. El aroma que le golpeó en la cara distó mucho de ser agradable; sudor, cerveza, almizcle y otros efluvios que no quiso reconocer. El lugar tenía menos de diez mesas ocupadas. En el bar del fondo, tres mujeres con escaso vestuario se recostaban aburridas sobre la barra. La cantina estaba poco iluminada, lo que contribuía al anonimato.

Paseó su vista por el tugurio. Miguel le hacía señas desde la sexta mesa a la izquierda. El *condenado* no estaba solo, reconoció la melena de quien lo acompañaba, la misma de esta mañana. Con el ceño fruncido, se aproximó hasta su amigo.

—Miguel, ¿quién es ella?

—Mi amiga Angela. Acabamos de pedir. Cójase una, una pinta, claro —invitó Miguel echándose a reír.

—Disculpa, Angela —inició Ares bastante contrariado—, este es un asunto policial, no puedes quedarte.

—Tranqui, *chief*, yo le conté todo. Angela es periodista en Pocotón Panamá. Nos va a ayudar. Además, si ella está aquí, *usté* no va a inventar ninguna pendejada.

—¡Vales cebo, Miguel! —disparó el teniente, dejándose caer sobre una de las sillas.

—Es un placer conocerlo, teniente —saludó Angela, tendiéndole una mano con unas uñas impecablemente pintadas de azul cobalto que hacían juego con el color de sus ojos.

Ares se perdió unos segundos en la profundidad de la mirada. «Manso pay[17]», se repitió para sus adentros.

—El placer es mío, Angela. No sé qué te habrá dicho Miguel, pero, de verdad, no debes estar aquí.

—Ya estoy grandecita, teniente, tomo mis propias decisiones. Además, ese asunto de las *Muertes* me interesa. Si los ayudo a destapar ese tamal, me puedo hacer famosa.

—No se trata de fama, Angela, se trata de poner a esos criminales tras las rejas. Debemos hacer lo correcto —puntualizó el santeño.

—Créame, ten...

—Ares.

—Créeme, Ares, yo también comparto ese ideal de justicia, por eso mi gran admiración por el *cuerpo* policial —explicó la muchacha mientras observaba con lascivia a Miguel.

—Tranquila, potranca mía, que al tercer *cubetazo* nos vamos —indicó el chorrillero.

Ares tomó una de las botellas de cerveza; estaba helada, justo como a él le gustaba. La destapó con el abridor que estaba amarrado a la cubeta y la chapa tintineó sobre la mesa hasta terminar rodando por el suelo. Levantó la mano en silencioso brindis y sus compañeros respondieron haciendo saltar espuma del fermentado líquido.

—¿Qué hacemos ahora? —cuestionó Angela.

—Esperar y beber. Esos son los sacrificios de una investigación criminal —sonrió Miguel.

Ares trató de relajarse mientras las pintas iban bajando una por una. Su cabeza se giraba hacia la puerta cada vez que esta se abría. La cantina fue llenándose con gente de todo tipo. Según aparecían

[17] Forma coloquial de referirse a una dama que es atractiva.

clientes, así mismo se incrementaba el flujo de mujeres dispuestas a negociar su afecto.

Angela resultó ser una compañía muy agradable. Llevaba saliendo con Miguel tres semanas. Era licenciada en periodismo y psicología, además de aficionada al paracaidismo y el submarinismo. Llevaba dos años trabajando en Pocotón Panamá donde cubría la sección de policiales, así fue como conoció a Miguel. De madre chiricana, su padre era un irlandés afincado en Boquete desde hacía cuarenta años.

El teniente comprobó que iban a ser las cinco de la tarde. La puerta volvió a abrirse, su corazón se encogió esperando tener suerte esta vez. ¡Nada! Quien entró era un pigmeo comparado con el gigante Ngöbe.

–No va a venir –auguró Miguel, a la vez que levantaba la última birra del tercer *cubetazo*–. Cuando me la termine, nos vamos.

Ares examinó su propia botella, quedaba menos de la mitad. Sonrió. Seguir allí era un desperdicio de tiempo. Honraría su palabra.

–Voy al baño –anunció Angela.

El santeño la miró mientras se alejaba. Los *jeans* se le pegaban con exquisitez a las curvas y levantó los silbidos de varios clientes. Angela respondió mostrándoles la impecable manicura de su dedo corazón.

–*Tá buena*, ¿verdad?

–Te sacaste la lotería, *bro*[18]. Bonita, inteligente, divertida. No la cagues –advirtió Ares.

–No, patrón, creo que esta es la buena –admitió Miguel–. Y tiene una amiga que se llama Rebeca que está soltera.

[18] Apócope de "brother", "hermano" en inglés.

—Miguel, todavía no estoy listo.

El teniente bebió el resto de su cerveza y se limpió la boca con el dorso de la mano.

—Mi hermano, hace ya casi quince años del accidente. No conocí a Vivian, pero estoy seguro de que ella hubiese deseado que fueses feliz —aconsejó Miguel.

—Nunca encontraron su cuerpo.

—No encontraron los cuerpos de nadie, los gringos sellaron el reactor para evitar que todos en Panamá muriésemos.

—Ella era toda mi vida, ahora solo es un nombre en una placa conmemorativa.

—No te pido que la olvides, solo que sigas adelante —sugirió Miguel.

—¿Cómo es Rebec...

Angela taconeaba con prisa en dirección a ellos. Su blanco rostro estaba pálido.

—Dame eso —exigió la muchacha mientras le quitaba a Miguel la botella y bebía el resto de un solo trago—. El *man*[19] acaba de llegar por la parte de atrás. Se sentó al lado del bar.

Ares atisbó hacia el rincón. Sí, una mole estaba sentada de espaldas a la pared. Delante del indio, un *cubetazo*; el hombre sujetaba una cerveza que lucía minúscula comparada con el tamaño de su mano.

—Ayala verga, ¿ahora qué hacemos? —cuestionó Miguel.

—Nada. Solo observar.

---

[19] Expresión coloquial para referirse a "*hombre*". Su plural es "*manes*".

El teniente alzó la mano pidiendo otra cubeta. Bamboleando las caderas, una hermosa mulata, vistiendo un minúsculo *short* a juego con un top blanco bajo el que no se apreciaba ningún sujetador, se aproximó a la mesa con el pedido: en un pequeño cubo, seis botellas clavadas en hielo.

—¿*Fulo*[20], no tienes pareja? —cuestionó la *camarera*.

Antes que Ares pudiese responder, la mujer prosiguió:

—Me encantaría acompañarte.

Acto seguido, colocó sus rotundas nalgas sobre la silla vacía.

—Me llamo Rubí, ¿quiénes son ustedes? Nunca los he visto por aquí —agregó la muchacha—. ¿Les importa si pido ron? La cerveza me infla el estómago y la retaguardia.

—Claro, Rubí. ¡Mi hermano, una botella de ron para la mesa y cuatro vasos! —le gritó Miguel al tipo detrás de la barra.

El cabo se inclinó para hablarle al oído al tableño.

—Dos *rejos*[21] sentados con un hembrón toda la tarde, levantamos sospecha. Con el putón tenemos algo de coartada, a lo mejor, si te gusta la *pela'*[22], puedes desahogar algo de energía.

Miguel acompañó el comentario con una fuerte palmada entre los omóplatos del teniente.

Ares no pudo más que sonreír por la ocurrencia de su amigo. El ron reemplazó las pintas. Muy alejado de lo que esperaba, con Rubí mantuvieron una agradable conversación. La joven apenas tenía diecinueve años, hacía ocho meses emigró de Chepo con la ilusión de conseguir un mejor futuro. Trabajó primero como camarera, pero el bajo salario y las escasas propinas la llevaron a doblegarse a las

---

[20] Expresión coloquial para referirse a una persona con el cabello rubio.

[21] Expresión coloquial para referirse a "hombres".

[22] Expresión coloquial para referirse a una mujer joven.

insinuaciones de los clientes. Solo tuvo que fingir, apretar los dientes y hacer que su mente volase lejos para multiplicar por dos, por tres, incluso por más sus ingresos. Les contó que esas primeras lágrimas fueron reemplazadas por planes para el futuro. Ella era sensata; no tenía ningún chulo, nadie que la mangonease, no se pinchaba y no se creía las promesas de amor de los clientes. Si alguien la iba a sacar de allí, sería ella misma.

Un ramalazo de lástima golpeó el corazón del tableño. Recorrió el lugar con la mirada. Una treintena de mujeres se repartían entre las mesas coqueteando y bebiendo con los asistentes. A lo largo de la tarde, una y otra vez las vio alejarse, acompañadas, por el pasillo del fondo hacia las escaleras que conducían a las habitaciones.

El ruido de una mesa al ser empujada llamó su atención. El gigante ngöbe se levantó; ancladas a sus brazos iban dos muchachas.

—Pobrecitas, no es bueno cogérselo después del anochecer —murmuró Rubí.

—¿Qué dijiste? —interpeló Ares.

—Durante el día, el leñador es un amor de hombre. Lo que tiene de grande lo tiene de cariñoso, aunque siempre tiene una expresión triste en su rostro. Pero cuando se hace de noche, la cosa cambia. Es como si al cabrón lo poseyese un demonio, los ojos se le inyectan de sangre y el cariño se convierte en violencia. Varias compañeras han terminado en urgencias —explicó Rubí.

—Eso no puede ser, tienen que denunciarlo —sugirió Angela, exaltada.

—No, eso no podemos. ¿No lo reconocen? Es una de las *Muertes*; además, cuando algo así ocurre, vuelve al día siguiente a disculparse, no solo con palabras, sino también con un buen fajo de billetes —aclaró la joven—. Ya son más de las seis, Sonia y Carla lo van a pasar mal.

—¿Por qué lo llaman el leñador? —consultó Angela.

Rubí estalló en carcajadas.

—Mi amor, por el tronco que tiene en medio de las piernas —espetó Rubí.

La periodista se sonrojó.

—¿Qué? —replicó Angela.

Los cuatro se rieron.

Pasaron cuarenta minutos y el hombretón apareció en el quicio de la puerta que daba a las escaleras. Unos segundos después se esfumó al girar por un corredor.

—Siempre entra y sale por atrás, del bar, me refiero —aclaró Rubí—. Si van a seguirlo, deben darse prisa.

—¿Qué? ¿Por qué lo íbamos a querer seguir? —mintió Ares.

—Si a otro hombre le hubiese sobado tanto el muslo como a ti, ya me habría preñado tres veces. Todas las chicas sabemos que ustedes son policías. Si está en sus manos, háganlo pagar por lo que nos ha hecho a muchas, por favor.

—Lo haremos, te lo prometo —afirmó el teniente—. Vamos, antes de que lo perdamos.

El trío se levantó con rapidez. Ares dejó dos billetes de cien dólares sobre la mesa y se dirigieron a la parte trasera.

El callejón estaba oscuro, olía a orina. A unos quince metros, el indio caminaba con grandes zancadas hacia la avenida Eloy Alfaro. Ares lo siguió por la misma acera; sus compañeros cruzaron a la otra y, a propósito, se retrasaron un poco.

El teniente mantenía una separación no mayor a veinte metros. El indígena, al llegar a la avenida, giró a mano izquierda, como si fuese en dirección al Palacio de las Garzas. Al llegar a la intersección con la avenida Pablo Arosemena, giró a la derecha, para meterse por la Calle 13 este.

Los viandantes se apartaban de la mole de más de dos metros. El santeño alcanzó a ver expresiones de horror en los peatones que se cruzaban con el indio. La palabra «poseído» voló a su cabeza. ¿A dónde iba? ¿Acaso se sentía tan inmune a la ley que le daba igual deambular por la ciudad? Ares recordó los titulares; las *Muertes* no eran villanos, eran héroes.

El gigante aceleró los pasos al cruzar la avenida B. Ares comprobó la hora, faltaban nueve minutos para las siete de la noche. Tras desembocar en la avenida Central, José Toledo giró a la izquierda en sentido al parque de Santa Ana.

Ares sudaba; no sabía si por forzar la marcha o por la excitación de atrapar al criminal. Porque eso era ese hombre, un criminal. Dedicó una mirada a sus compañeros; ahí seguían, solo un poco rezagados para evitar ser detectados.

El teniente observó al indio cruzar el parque de Santa Ana en diagonal. Al otro lado, aparcado en la calle C, un auto encendió y apagó las luces. El ngöbe se metió por la puerta del asiento del pasajero. Los vidrios del vehículo, un SUV coreano, estaban tintados, por lo que le fue imposible ver al conductor. Se llevó la mano al oído derecho para comunicarse con Miguel.

—¡Vayan a buscar el carro! Los espero aquí —comandó el tableño mientras se apostaba en uno de los bancos con mejor visibilidad. Vio cómo sus amigos se alejaban con pasos acelerados.

En el parque, varios residentes paseaban y algunos turistas se aventuraban en la recién estrenada noche para tomar fotografías de la hermosa arquitectura colonial de la ciudad.

Ares prestó atención al auto de las *Muertes*; estaba seguro de que dentro tendría que haber alguno más de ellos. Las luces seguían apagadas; en la distancia, no podía distinguir si el motor también lo estaba.

A solo unos metros y a la derecha del carro de los villanos se alzaba el mítico Café Coca-Cola. Este local, el más antiguo de su clase en el país, mantenía intacta su arquitectura original con sus paredes exteriores pintadas de un color crema, salvo la parte inferior que estaban acentuadas con un tono ladrillo, el mismo que enmarcaba las ventanas. Frente a las puertas de madera del restaurante estaba aparcado un *pick-up* Toyota Tundra de color negro.

En menos de diez minutos, sus compañeros consiguieron aparcamiento en la calle C, a unos cuarenta metros detrás del SUV de las *Muertes*. Del asiento derecho se bajó Miguel, por lo que Ares intuyó que Angela manejaba. El chorrillero se metió en el parque en dirección a la iglesia, para así aproximársele por detrás de él.

—¿Alguna novedad? —inquirió el cabo.

—Ninguna, los *manes* siguen dentro del carro.

A las 7.15 p. m., una camioneta Toyota Sequoia de color negro, que venía por la calle C, se detuvo frente al Café Coca-Cola. En menos de diez segundos, el vehículo arrancó; el teniente pudo distinguir la placa del vehículo, CD1018, era del cuerpo diplomático. Tomó nota mental para averiguar a qué país pertenecía.

—Chequea el mujerón que va a entrar al café —comentó Miguel.

Una mujer rubia, de elevada estatura y traje de diseñador con una tonalidad verde caña sorteó el *pick-up* y empujó la puerta de la cafetería.

«¿Qué está ocurriendo aquí?», pensó Ares.

CAPÍTULO 5

La cena

Sábado 26 de mayo de 2057 – 19.15 horas

Sentado en su mesa favorita del Café Coca-Cola, el coronel Deveraux devoraba su segundo plato de arroz frito con marisco, su comida favorita. Frente a él, una botella helada de la bebida homónima al nombre del local; la tomó con su mano izquierda y apuró la mitad de contenido de un solo trago. Recordó la inauguración del café, corría el año 1875; en esos tiempos, Panamá era menos que una provincia de tercer grado para Colombia. El único interés se encontraba en el movimiento de viajeros para trasladarse de la costa este a la oeste de los Estados Unidos. Era tanto el bullir de personas, que se escuchaban rumores sobre estudios para abrir un canal interoceánico. Pecó de ingenuo al no creer que eso fuese posible.

Las bisagras de las puertas de la entrada resonaron y el sonido de unos tacones inundó el restaurante. El coronel notó que varios de los comensales pausaron su cena para admirar a la escultural mujer que acababa de entrar y que se dirigía hacia él.

—Veinte años que te conozco y te sigue gustando esta reliquia de la gastronomía. ¿Cuándo me dejarás invitarte a un lugar que sirva algo más que arroz frito?

—¿Has pensado que este arroz frito es lo que me gusta? —respondió Deveraux, a la vez que se levantaba para darle un fuerte abrazo a su amiga.

—Siéntate, Ivanka. Hace más de tres años que no nos vemos.

—Tres años, Henry, y no has cambiado nada. La verdad, no has cambiado nada en veinte años. Vas a tener que darme tu secreto.

—Ay, por favor, amiga. Mira quién habla. Ya quisieran las veinteañeras tener el cuerpazo que envuelve ese hermoso traje Chanel.

—¿Solo te parece hermoso el traje? —coqueteó la rusa.

Ambos se sentaron.

—¡Camarera! —llamó el coronel—. Tráiganos un menú.

—Siempre eludes mis insinuaciones, Henry. ¿Acaso no te gusto?

—Ivanka, ya lo hemos hablado, por bonita que seas, un coronel retirado del ejército americano no puede involucrarse con una de las jefas del Servicio de Inteligencia Exterior ruso. ¿Qué dirían de nosotros?

—¿Retirado? No lo sabía. ¿Desde cuándo?

—Van dos años desde que el tío Sam me paga la pensión. Me dedico a pescar y a disfrutar del tiempo libre.

—¿Pescar? ¿Peces o terroristas? No me puedo creer que el coronel Deveraux esté fuera del servicio activo; los miembros de las fuerzas especiales como nosotros no podemos tener una jubilación —argumentó la rusa.

—Deberías probarlo, sienta genial para la paz mental.

—Mi paz mental estaba muy bien hasta hace dos días.

—¿Qué te pasó? ¿Algún otro rechazó tus insinuaciones?

—Solo tú me rechazas, pero no, no fue eso. Somos amigos, ¿verdad, Henry? —preguntó Ivanka.

—Por supuesto.

La rusa se inclinó sobre la mesa acercando su cabeza a la de él.

—Hace setenta y dos horas, tres de nuestros generales fueron asesinados —musitó la directora de la OT.

—Entiendo, eso arruina la paz mental de cualquiera.

—Moscú está que arde. No tenemos ninguna pista, solo sospechas.

—¡De nosotros! —resaltó Deveraux—. Por eso has viajado hasta aquí, para ver si este viejo soldado puede darte alguna información.

—Henry, esto es serio. Nuestros gobiernos han sido enemigos desde hace cien años, pero esto colmó el vaso. Si fue la Casa Blanca quien ordenó el ataque... La respuesta será enérgica, podría desatar una tercera guerra mundial. ¿Sabes algo?

—Ivanka, estoy retirado, ya te lo dije.

—Un viejo zorro como tú tiene contactos en todos lados, seguro has escuchado algún rumor.

—A mis oídos no ha llegado nada, lo siento. Estaré atento y haré algunas llamadas. ¿Cuánto tiempo te quedarás en Panamá?

—Te lo agradezco, Henry —afirmó la militar—. Mis agentes en Estados Unidos están investigando. El viernes en la mañana regresaré a Moscú. Lo que puedas conseguir en estos días será muy valioso para mí. Te deberé una.

—Haría lo que fuera por una vieja amiga. Paga la cena y estaremos a mano.

—Siempre tan caballeroso, ya no quedan hombres como tú —agregó melosa Ivanka.

Tras que la rusa saldase la deuda con el café, el coronel se levantó y acompañó a su colega a la entrada. Con sus tacones de aguja, la directora del SVR casi quedaba a la altura de los dos metros del militar estadounidense. Ambos contrastaban como la noche y el día, no solo por el color de su piel, sino también por la elegancia de ella y la informalidad de él, quien vestía solo unos vaqueros desteñidos y una camiseta blanca que resaltaba la poderosa musculatura de sus brazos y torso.

Con galante gesto, el soldado abrió la puerta permitiendo que la mujer saliese primero.

—Estoy hospedada en el Sheraton, por si cambias de opinión —indicó Ivanka antes de darle un delicado beso en los labios a Henry.

—Es una tentación que prefiero resistir.

Dos Sequoias negros se detuvieron frente al Café Coca-Cola.

—*Ciao*, amor, espero verte antes del viernes —se despidió la coronel rusa.

Deveraux, de pie al lado de su Toyota Tundra, esperó a que se alejaran los vehículos. Se recostó sobre la puerta del conductor y levantó la pierna derecha. Mientras fingía atarse los cordones de las zapatillas Under Armour que calzaba, peinó con la mirada las calles adyacentes y el parque de Santa Ana. La camioneta coreana con vidrios ahumados seguía en el mismo lugar; a otro podría haberlo engañado, pero la altura del chasis al suelo era ahora menor, o tenía más ocupantes o habrían metido una carga pesada, muy pesada. Al menos ocho agentes rusos, los mismos que estaban allí cuando él llegó, se alejaban del parque por diferentes calles.

Abrió la puerta del auto, entró y encendió el motor. Las luces iluminaron la avenida Central y el frontal del parque. Una pareja de dos hombres, sentada en uno de los bancos, fue encandilada por los faros y esquivaron la mirada moviendo las cabezas hacia el frente.

«¿Qué hacen aquí dos policías de paisano?», elucubró el coronel.

Sin darle mayor importancia, aceleró y bajó por la avenida Central hasta la calle 11 Este, donde giró a mano derecha. Tomó su diestra nuevamente en la avenida B y se dirigió en dirección a la Plaza 5 de Mayo. Iban a ser las ocho de la noche y el tráfico estaba despejado, por lo que avanzó sin contratiempos. Tras pasar el cruce con la avenida México, un reflejo en el retrovisor llamó su atención. Activó la cámara trasera de su auto, la cual proyectó la imagen sobre el panel de control. Sí, allí estaba, era la camioneta coreana que unos minutos antes estuvo aparcada en Santa Ana.

—Poco sutiles —murmuró el coronel.

Giró en calle L para luego incorporarse a la avenida de los Mártires, donde aceleró.

—Llama a Sandy —ordenó Deveraux al auto.

—*Llamando a la capitana Sandra McAllister* —respondió la computadora.

La imagen de la camioneta que perseguía al soldado fue reemplazada por los delicados rasgos de una bella mujer con el cabello corto y flequillo, nariz afilada y labios delgados.

—Buenas noches, coronel.

—Tengo ratas en la cola. Intervención sugerida en Miraflores 52.

—Copiado. Lucas y yo participaremos. ETA 15 minutos.

Henry cortó la comunicación. ¡15 minutos! Él llegaría al emplazamiento en once.

Para Deveraux era demasiada coincidencia que esto ocurriese justo después de su cena con Ivanka. «Maldita bruja». Se le ocurrió la idea de llamar a Ivanka y echarle en cara su estratagema y confirmar sus sospechas; la descartó al instante, ella jamás reconocería su implicación en esto. Imaginó que dentro del auto viajarían entre tres y cuatro spetsnaz. ¿Acaso ella pensaba que eso era suficiente para detenerlo a él? ¡Ingenua! Comprendió que la visita no era de cortesía, no buscaba información, solo era un modo de sacarlo a la luz tras los sucesos del «Nido de avispas» en la península de Kamchatka. Sí, tres generales muertos, y él era el responsable.

Sintió comezón detrás de la nuca, algo no le cuadraba. Los agentes en el parque de Santa Ana no eran comandos especiales, más bien, semejaban operativos regulares, sin duda asignados a la seguridad de la embajada rusa. Tras más de doscientos años de caminar sobre esta tierra, la intuición era una habilidad que no podía desdeñar. No obstante, las casualidades no existían en este negocio. Rusos o no, lo perseguían.

Dejó atrás Los Ríos, donde residía hace más de ochenta años. Al pasar el semáforo de la sede del SPI, aceleró. Sus perseguidores hicieron lo mismo, tal y como pudo comprobar en la imagen de la cámara trasera. Sonrió.

—No saben con quién se meten —farfulló Deveraux.

El velocímetro marcó ciento veinte kilómetros por hora. A su derecha, la Ciudad del Saber. El semáforo estaba en rojo, lo ignoró. El sonido de varias bocinas y frenazos lo abuchearon. Comprobó que la camioneta también esquivó a los otros conductores.

—Mantén la velocidad en cien kilómetros por hora. Rumbo: Miraflores 52 —ordenó el coronel al vehículo.

El Toyota respondió tomando el control de la dirección.

—Libera los seguros del armamento.

La parte del tablero frente al asiento del pasajero se abrió hacia abajo. Una bandeja de aluminio surgió de las entrañas del motor.

Perfectamente engarzada en espuma de polietileno, un M16A1 junto con seis cargadores de treinta cartuchos y media docena de granadas. Pasó la mano con suavidad por la culata del fusil, casi acariciándola. Tenía ese modelo desde su lanzamiento en el año 1967, era la versión mejorada de la primera edición entregada a las tropas en Vietnam en 1963. Con el correr de los años, el coronel le hizo los ajustes necesarios para incrementar su eficacia, así como para mantenerlo en perfecto estado. Con la munición especial que tenían los *peines*[23], el alcance efectivo del arma estaba en ochocientos metros. Deveraux asió el fusil y lo cargó.

El *pick-up* pasó frente a la zona del Sendero del Pescador, apenas trescientos metros antes del puente de los lagos de Miraflores. El vehículo tomó la curva.

—¡Modo sigilo! —espetó el coronel.

Las lámparas del auto se apagaron y el interior se iluminó por un tenue resplandor ambarino. El Toyota, tras cruzar el puente de cuatro carriles, giró a mano derecha por una carretera pobremente asfaltada. Al embestirla con el morro del vehículo, la cadena que prohibía el paso saltó por los aires.

El militar tomó el volante y clavó el pie en el acelerador haciendo que el Tundra brincase. Recorrió algo menos de doscientos metros hasta una construcción abandonada. Torció el volante al máximo haciendo que el *pick-up* realizase un giro de ciento ochenta grados.

—Abre las puertas —ordenó a la computadora.

El vehículo abrió las cuatro portezuelas.

Manteniéndose a cubierto, el soldado esperó con el fusil apuntando hacia el camino. Frente a él, escuchó el traqueteo de la camioneta.

---

[23] En jerga militar significa "cargadores".

—Enciende las luces largas —gritó Deveraux.

El Tundra iluminó la explanada. Una ráfaga de balas calibre 5.56 mm siguió a la luz e impactó de lleno sobre el motor de la furgoneta. El vehículo se detuvo y las compuertas delanteras se abrieron.

Al coronel no le costó mucho reconocerlos: Barú y Caimán. «¿Cómo era posible que ese monstruo condujese?», reflexionó viendo que el teribhyano se bajaba del lado derecho.

—Caballeros, están a menos de veinte metros. A esta distancia, antes de que les dé tiempo a pestañear, puedo poner una bala en cada uno de sus cerebros. ¡Ríndanse! —bramó el militar.

Un maullido a la diestra del soldado llamó su atención. Se giró para encontrarse, sobre el techo del *pick-up*, un gato con el pelaje de color azul.

—Mierd...

Jauría se lanzó sobre el coronel mientras se transformaba en un jaguar con piel de tono índigo.

El militar se hizo hacia atrás y lanzó un culatazo hacia el cráneo del felino. El golpe rozó la oreja izquierda del animal, el cual cayó sobre el suelo de gravilla con un bufido.

—¡Levántate! —gritó el soldado, apuntando con el M16 a su enemiga.

Dos impactos atravesaron el cuerpo del estadounidense tras reventar la ventanilla blindada del *pick-up*. La sangre brotó de ambas heridas, una encima del corazón y la otra en medio del pulmón derecho. Deveraux trastabilló, para luego desplomarse de espaldas, el fusil se deslizó a un lado.

—¿Qué *chucha* hiciste? No teníamos que matarlo —espetó Jauría, poniéndose en pie y regresando a su forma de mujer.

—¿Matarme? Hace falta algo más que un par de disparos para liquidar a este viejo marine.

Al decir esto, el coronel lanzó sus piernas hacia delante levantándose con asombrosa agilidad.

Luces y el ruido de neumáticos le indicaron al militar que los refuerzos llegaron. Sonrió.

—La farsa de las *Muertes* termina hoy —vaticinó Deveraux, lanzando un puñetazo cargado de rabia contra la malhechora, quien lo esquivó.

En ese instante, un vehículo arrolló al gigante ngöbe, distrayendo al coronel.

Mónica Castillo volvió a mutar a un jaguar y se catapultó sobre el soldado con las garras extendidas y las fauces abiertas.

Deveraux reaccionó con agilidad apresando con su manaza la garganta de la mujer. Las zarpas de ella rasgaron sus antebrazos. Apreció la incredulidad en el rostro de la malhechora mientras los tajos en la piel se curaban.

—¿Creías que ustedes eran los únicos con poderes?

El coronel apretó con fuerza el cuello para luego lanzarla hacia adelante. Se agachó para recoger su arma.

«¿Quién carajo son los de la Fortuner?», se preguntó el soldado.

CAPÍTULO 6

La persecución

Sábado 26 de mayo de 2057 – 19.50 horas

El teniente Ares no perdía de vista la camioneta de las *Muertes*. Llevaban más de media hora aguardando.

—*Chief*, creo que ya nos debemos ir —se quejó Miguel—. Tengo a Angela esperando en el carro, me va a mandar por un tubo.

—Espera —silenció el tableño.

Las puertas del Café Coca-Cola se abrieron y la rubia salió acompañada de un imponente hombre de raza negra.

—Mira tú lo que se levantó la *fula*. Cuando nos prueban no nos sueltan —se rio el cabo.

—Cállate. Se están despidiendo.

Dos furgonetas negras se llevaron a la mujer. El individuo procedió a atarse los cordones recostado en el *pick-up*. Ares tuvo la sensación de que con esa maniobra el extraño estaba explorando todo a su alrededor. El encendido de las lámparas del Tundra lo pilló de sorpresa y giró con brusquedad la cabeza. «Espero que no nos haya visto», rogó el santeño.

Segundos después de que el Toyota se moviese, el auto de las *Muertes* lo siguió.

—¡*Ahí 'tá, ahí'tá*! Muévete que se nos van —chilló Ares.

Como si la periodista les hubiese leído el pensamiento, los interceptó frente al Café Coca-Cola. Miguel subió en el asiento del pasajero y Ares en la parte de atrás del Toyota Fortuner de pintura plateada.

—Las *Muertes* están siguiendo al *man* del *pick-up* —afirmó el teniente.

—*Cha*, patrón, ¿qué es usted, el narrador? *Tamos* claritos que esos *manes* van por el negro.

—¿Vieron el gato que se subió al vagón? —intervino Angela.

—No, pero qué verga importa un gato —respondió Ares.

—Era un gato azul.

—¡Acelera! —exigió Ares—. Van a cargarse al *man*.

El motor eléctrico del SUV respondió con soltura al pie de la muchacha. El vehículo avanzó a través del tráfico de calles y avenidas manteniendo siempre una distancia prudencial del auto de las *Muertes*.

Cuando pasaron la sede del SPI, la camioneta coreana incrementó su velocidad. Esquivaron los autos del cruce de la Ciudad del Saber. Iban a más de cien kilómetros por la Avenida Omar Torrijos Herrera.

Ares vio que el carro que perseguían giraba a la derecha tras cruzar el puente de los lagos de Miraflores.

—Se metieron por ese camino —anunció el teniente.

—¿Por cuál? —inquirió Angela.

—A la derecha, a la derecha —apremió Ares.

El descuidado pavimento pronto dio paso a un camino de grava, fue entonces cuando escucharon los disparos.

—Métele al acelerador —rugió Miguel.

El tableño los vio. El indio y el lagarto estaban fuera de la camioneta. Frente a ellos, los potentes faros del Tundra convertían la noche en día. Creyó ver un enorme gato al costado del *pick-up*.

—Atropella al hijo de puta —gritó Ares.

La camioneta japonesa embistió a Barú lanzándolo varios metros hacia el frente.

El teniente saltó fuera del SUV y buscó su arma, una Glock G7, en la tobillera izquierda; le quitó el seguro y la amartilló. Apuntó a la cabeza del teribhyano.

—No te muevas, cabrón —comandó Espino—, y levanta las putas manos.

El lagarto obedeció dibujando en su rostro una sonrisa que hizo relucir sus triangulares dientes.

—Lo que usted diga, oficial —aceptó Caimán. Una lengua gruesa y bífida asomó entre sus mandíbulas, como si olisquease el ambiente.

—*Chucha*, el monstruo habla —chilló Miguel, quien también encañonó al reptil.

—Los teribhyanos no somos monstruos, somos una raza superior.

Las piedras del suelo comenzaron a moverse. La tierra se agitó. Ares buscó con la mirada al indio. Control de la geodinámica decían los informes. «El *man* puede crear terremotos», reflexionó el tableño. Fue tan grande el zarandeo que los hizo tambalearse.

Caimán brincó sobre el techo de la Fortuner, hundiendo el metal. Angela gritó y aceleró. Con un rugido, el teribhyano se abalanzó sobre Miguel.

De la boca del chorrillero escapó un chillido de agonía cuando la dentadura del lagarto se cerró sobre su hombro derecho. Cuatro detonaciones seguidas salieron del arma del cabo; las balas impactaron de lleno en el estómago de Caimán.

Ares no daba crédito a sus ojos. A solo unos metros, su amigo sufría. Presenció cómo el auto de Angela era impactado por un puñetazo de Barú; el vehículo cayó de costado, dando varias vueltas hasta chocar con un árbol. «¿Qué había hecho? Los trajo a morir aquí», se lamentó para sus adentros.

Sin saber cómo proceder, el teniente movió su arma entre el lagarto y el indio. Barú caminaba con parsimonia hacia la Fortuner. Caimán se disponía a lanzar otra dentellada contra su amigo. Eligió al teribhyano, apuntó a la cabeza y disparó. ¡Acertó!

—Yo estoy blindado por cortesía de los malditos gringos que experimentaron conmigo. Tu pistolita de mierda solo me hace cosquillas —explicó Caimán antes de morder el brazo derecho de Miguel. Como un auténtico animal, sacudió la cabeza con saña hasta arrancar el miembro del policía. El lagarto dejó caer al oficial. Un reguero de sangre corría desde su mandíbula extendiéndose por el pecho hasta las manchas de pólvora en el abdomen.

Ares apreció la vidriosa mirada de su amigo que acababa de entrar en *shock*. Vació el cargador sobre Caimán. El asesino emitió una carcajada.

—Ahora me toca probarte a ti —anunció el lagarto, lanzando un zarpazo hacia el policía.

El teniente retrocedió; en su mente, él esquivó el ataque. Para su sorpresa, sintió un líquido corriendo por su pecho; bajó la mirada y se encontró con cuatro cortes paralelos en la camisa. Se palpó la carne, el dolor lo atravesó. Frente a él, Caimán se lamía las uñas.

Un chillido de mujer crispó la frescura de la noche. A unos metros, el cuerpo de una fémina rodó por el suelo.

Ares vio cómo Mónica Castillo (la reconoció por las fotos de la *Darknet)* se levantaba sentida por el dolor. Ella comenzó a transformarse en un gorila de color azul y encaró al hombre que salió minutos antes del Café Coca-Cola.

—¡Caimán, socorre a Jauría! —bramó el gigante ngöbe.

—Ayúdala tú, yo estoy ocupado con el *tongo* este —chistó el theribyano.

El indígena trotó hasta la muchacha y se interpuso entre ella y el sujeto del Tundra.

—Retroceda, coronel —amenazó Barú.

En respuesta, el militar arremetió con una ráfaga de disparos.

El teniente Espino no estuvo muy seguro de lo que ocurrió, juraría que las balas rebotaron en el cuerpo del indio.

—¿Te olvidaste de mí, *fulito*? —amenazó Caimán antes de saltar sobre el policía.

Dos faros brillaron desde el camino de entrada al emplazamiento. Con aún mayor claridad, Espino pudo distinguir los chorretones de sangre que salían de las fauces del lagarto mientras el monstruo caía sobre él.

«Perdóname, padre...

Su plegaria fue interrumpida por un fogonazo azul que impactó en medio del pecho de la bestia.

Caimán, aunque trastabilló, mantuvo el equilibrio. Una segunda descarga lo arrojó una decena de metros hacia atrás.

Ares se giró buscando el origen de los disparos. En medio del sendero de grava, dos personas montadas sobre sendas motos; una mujer de pelo corto con brazos que brillaban en un leve tono índigo y un hombre ataviado de negro con lo que semejaba una catana en su espalda.

—¡Tienen refuerzos! —vociferó Caimán, llevándose una mano a la quemadura del pecho—. ¡La zorra tiene un cañón de plasma!

El teribhyano huyó hacia su izquierda, en dirección a los lagos de Miraflores.

—¡Maldito cobarde! —rugió Jauría.

Sin estar muy seguro de qué hacer, el teniente avanzó hacia la eco terrorista apuntándola con su arma.

—¡Mónica Castillo, queda bajo arresto! ¡Tírese al suelo! —ordenó Ares Espino.

Detrás de la villana, el ngöbe y el coronel (así lo llamó antes el indígena) combatían. El militar sujetaba con sus dos manos las de su adversario y ambos pugnaban en una lucha de fuerza. Creyó detectar una ventaja en el afrodescendiente, quien ganaba terreno.

Jauría, aún transformada en simio, se dio la vuelta.

—Tú eres el mamón del MARTA —expresó Mónica, levantando las manos.

—¡Quieta! —chilló Ares.

En segundos, el simio cambió para develar a una mujer completamente desnuda con el cabello azul.

—Dime, ¿te gusta lo que ves?

La mujer se pasó las manos por el torso acariciando sus pechos. Caminó hacia él.

—¡Alto! —repitió el teniente.

—¿O qué? ¿Acaso no estoy más buena que tu noviecita muerta?

—¿Qué?

¿Cómo sabía eso? Cegado por la perplejidad, bajó inconscientemente el arma.

Mónica saltó sobre el policía con las manos frente a ella, manos donde las uñas se alargaban.

Espino alcanzó a hacer una detonación que se perdió en la espesura de la selva cuando ocho garras se clavaron en su pecho. Cayó hacia atrás con la mujer sobre él. El aliento rancio de la villana lo golpeó en la nariz y los dientes de ella se clavaron en su cuello.

Un disparo azul rozó a Mónica, quien levantó la mirada hacia sus agresores.

—Hoy tuviste suerte. ¡Barú! ¡Nos vamos!

La mujer se elevó convirtiéndose en un halcón de color añil. Un temblor sacudió la explanada.

La mente de Ares daba vueltas, atormentada por el dolor de sus heridas. Se sentía arder. Veía sombras que se movían a su alrededor. Los huesos le dolían. El corazón palpitaba ardiente; pensó que le explotaría. La respiración se le aceleró. Su cerebro se vio atormentado por un millar de agujas.

—Apriétale el pecho mientras vendo al otro.

La voz de una mujer le llegó amortiguada, como si estuviese a cien metros de distancia, cuando en realidad estaba frente a él. ¿Quién era el otro? ¿Miguel? ¡Su amigo! El monstruo le arrancó un brazo. ¡Un médico!

—Sandy, algo pasa. Esto no es normal.

El suplicio en su carne se acrecentó y una corriente eléctrica recorrió su espina dorsal, crispando cada músculo de su cuerpo.

—¡AAAAaaaahhhh!

El alarido del policía reverberó en los árboles.

Ares escuchó el sonido de los animales huyendo entre la vegetación, incluso los olió. La agonía terminó. Se sentía bien, se sentía vivo. Vio al hombre que antes hizo presión sobre su pecho retroceder, escuchó cómo se le aceleraba el corazón y la cadencia de su respiración. Se incorporó.

A sus oídos llegó el crujir de una rama y otros latidos. Se giró.

—¿Quién eres? —interrogó el teniente a la mujer que lo encaraba.

¿Qué le ocurría en la lengua? Le costó articular las palabras y la voz, la voz que emergió no era la suya. Se llevó las manos al rostro. ¿Manos? Esas no eran sus manos, eran las de una bestia. Se asustó cuando garras salieron de la punta de sus dedos.

—¿Qué me pasa? —balbuceó Ares.

Un golpe lo azotó en la nuca. Vio estrellas frente a sus ojos y postró una rodilla en la tierra.

—Sédalo, Sandy. Nos lo tenemos que llevar.

Fue lo último que el policía escuchó.

CAPÍTULO 7
El Maizal

Sábado 26 de mayo de 2057 – 20.10 horas

Apenas frenó su Kawazaki Ninja H5, la doctora Sandra McAllister, capitana de la fuerza aérea estadounidense, activó el cañón de plasma que llevaba incorporado en su brazo derecho y disparó contra el teribhyano. A un ser humano, la descarga le hubiese destrozado el pecho; Caimán se levantó con una leve quemadura en el torso.

A su izquierda, el sargento Lucas Hatsumi desmontó de la moto desenfundando su catana.

¿Quiénes eran los civiles? La doctora observó al hombre desangrándose por la amputación del brazo. Tendría que apurarse para salvarlo. Un fogonazo en su mente le hizo revivir la escena de su accidente. En un improvisado quirófano al norte de Marruecos, durante unas maniobras conjuntas tuvo que atender a un herido por una explosión. Inició la operación con el protocolo habitual; muy tarde detectó la trampa, una bomba de fósforo blanco estalló frente a ella. Sandy, así siempre la llamaron sus amigos y familiares, logró cubrirse la cara y el tronco con los brazos, los cuales recibieron de lleno las llamaradas. O por lo menos eso fue lo que le contaron cuando despertó en el hospital de la base de Morón de la Frontera a las afueras de Sevilla, lugar en el que estaba destinada. No recordaba, no dio crédito a las palabras y buscó apoyarse para incorporarse. ¡No estaban! Solo dos muñones envueltos con blancas vendas.

No iba a permitir que ese hombre muriese y se dirigió hacia él. Disparó contra la mujer de cabello azul, una de las *Muertes*, para tratar de proteger al hombre rubio; funcionó y se dieron en retirada.

—Apriétale el pecho mientras vendo al otro —le indicó Sandy a Lucas para que se encargase del rubio.

McAllister se inclinó sobre el individuo. La herida era horrible. Imaginó que era fruto de una dentellada de Caimán. Músculos, tendones y el hueso estaban destruidos. No llevaba equipo para atender una lesión de esa índole. Tenía pocas alternativas. Calibró su arma de plasma a un nivel bajo. Disparó. La carne chisporroteó, cauterizándose.

—Sandy, algo pasa. Esto no es normal —informó Hatsumi.

—¿A qué te refieres?

El bramido del hombre resonó. Con las manos empapadas en sangre, el sargento se hizo para atrás.

—¡Se está transformando!

Así era, constató la doctora. El individuo incrementó su tamaño hasta superar los dos metros. Los músculos crecieron en proporción superando a la envergadura del coronel Deveraux, hasta tal punto que la camisa que portaba el civil se rompió por varios lugares; bajo los desgarrones apareció un pelambre moteado entre negro, dorado y blanco. Lo mismo ocurrió en el rostro, donde también la boca mutó hasta semejar un hocico corto del cual sobresalieron cuatro grandes colmillos. En los ojos de la criatura, estupefacción.

—¿Quién eres? —farfulló el ser.

A Sandy le costó comprender las palabras. Solo atinó a levantar las manos poniendo las palmas hacia el individuo buscando calmarlo.

—¿Qué me pasa? —interpeló la criatura.

Esta era la primera vez que la capitana se enfrentaba con un caso de teriomorfismo. Si bien el más documentado se refería a la licantropía, también leyó sobre transformaciones que tomaban como base otros animales. En este caso, la alteración se inclinaba hacia un felino, sin duda, un jaguar.

Vio acercarse al coronel con el M16 en las manos. El militar no dudó y asestó un violento culatazo en el cogote del fenómeno.

—Sédalo, Sandy. Nos lo tenemos que llevar —comandó Deveraux.

—No solo a él, su compañero está grave. Contuve la hemorragia, pero requiere cirugía urgente —informó la capitana mientras corrió hacia la moto.

Al llegar, sacó un pequeño envase de una de las mochilas laterales del vehículo y regresó sobre sus pasos. Se agachó sobre el cuerpo de Ares y le inyectó una sustancia transparente con un leve tono amarillo.

—Esto lo dormirá un par de horas. Coronel, usemos su *pick up* para transpor...

—¡MIGUEL!

El frenético grito hizo que la doctora descubriese a una mujer saliendo de la Fortuner. Tendría unos treinta años y el largo cabello negro estaba alborotado.

—¿Quiénes son ustedes?

La fémina dio tres pasos y se derrumbó sobre el suelo.

«Maldita sea, esto parece un circo», pensó Sandra.

—Coronel, no la podemos dejar aquí. Esos asesinos pueden regresar —espetó la doctora.

El rostro de Deveraux ostentaba una mueca de disgusto.

—Métela en el asiento de atrás. Yo llevaré a estos dos al vagón. Lucas, investiga el auto de las *Muertes* y coordina para que venga un equipo de limpieza.

—Sí, coronel —respondió Hatsumi.

Sandy se aproximó a la muchacha y la cargó hasta el Tundra; gracias a sus miembros artificiales, el peso no era un problema. Vio a Deveraux llevarse a las otras dos personas para meterlas en el cajón trasero del vehículo.

—Ve con ellos, Sandy, yo conduciré.

McAllister saltó a la parte de atrás del auto. Comprobó el pulso de ambos hombres: estables. Golpeó dos veces la ventanilla trasera para indicarle al coronel que arrancase. Un segundo después, el auto aceleró levantando la gravilla y saliendo a gran velocidad hacia la avenida Omar Torrijos Herrera.

La doctora se llevó la mano a la oreja para comunicarse con su equipo médico.

—Preparen el quirófano 1 y cuatro unidades de O negativo. —Hizo una pausa y miró al hombre-jaguar—. También la celda de contención H; equípenla con un monitor cardiaco.

Eran las dos mil treinta, el tráfico estaba despejado y su líder mantenía una velocidad por encima de los cien kilómetros por hora. El coronel se saltó el semáforo frente a la entrada del SPI. En la curva que bordeaba la renovada estación del ferrocarril, los neumáticos chirriaron. Tras el paso elevado de Albrook, el auto tomó con celeridad la recta que transcurría paralela a las vías del tren. Giró a la derecha en la avenida Ascanio Arosemena y pasó a un costado del famoso *Administration Building*. No disminuyó la velocidad hasta llegar al cruce con la avenida Arnulfo Arias Madrid; siguió derecho manteniendo el puerto a su derecha y el cerro Sosa a su izquierda, donde una infinidad de camiones estaban aparcados esperando su turno para recoger carga en los muelles. Antes de llegar al Centro de Control Marítimo, el *pick up* giró a la izquierda entre dos *mulas*[24]. La envejecida cerca de ciclón que cerraba el paso giró hasta apoyarse sobre el suelo. Las ruedas del Toyota hicieron tintinear el metal. Frente a ellos, una sólida barrera de piedra que recordaba la construcción de los muros de un fuerte antiguo. El vehículo la atravesó como si no existiese. Era la entrada norte de El Maizal.

La ilusión holográfica dio paso a un túnel que se hundía con una pendiente del 25 %. Dos guardias vestidos de camuflaje urbano grisáceo los saludaron desde ambos lados de la rampa. Tras recorrer cien metros, el *pick up* se detuvo con un frenazo en una explanada cuadrada de veinte metros de lado en una bóveda de seis metros de altura donde se encontraban aparcados una decena de vehículos todoterreno. Un equipo de emergencia aguardaba frente a dos mastodónticas compuertas de metal. El recinto estaba iluminado con una aséptica luz blanca.

El coronel saltó del habitáculo:

—Estamos en alerta amarilla. Toda amenaza debe ser repelida.

La capitana comprobó cómo las luces cambiaban su tonalidad a un tono ambarino.

—Coronel, me encargaré de nuestros invitados.

El militar asintió con la cabeza.

---

[24] Expresión coloquial para referirse a camiones articulados de gran capacidad.

—Al quirófano —dijo, señalando al amputado—. El felino, a contención con escolta armada. La mujer a la enfermería, espósenla.

El equipo de Sandy acató las órdenes con precisión colocando a los recién llegados en camillas y alejándose con velocidad. Ella los siguió. El coronel Deveraux cruzó los portones.

—¡Cierren el Maizal! —comandó el jefe de la División Dragón. Las puertas comenzaron a moverse hasta sellarse con un estruendo.

En sus seis años trabajando con el militar, nunca tuvieron necesidad de trancar la base. La capitana no tenía tiempo para reflexionar sobre lo que ocurría. Debía correr para salvar la vida de un hombre.

Cinco minutos después, estaba lista. Una bata verde sobre su uniforme, la mascarilla y guantes de látex. Se concentró en su paciente. Varón. Afrodescendiente. 35 años. 70 o 75 kilogramos. Pulso bajo, estable. Tras retirar la camisa, le llamó la atención la escarificación con el rostro de Jesucristo sobre el pectoral derecho; además de eso, tres cicatrices de arma blanca, la más larga de cinco centímetros.

¡Suficiente! Prestó atención a los bordes cauterizados. El plasma quemó la piel evitando la hemorragia; no obstante, la herida en los músculos era irregular. Deltoides, bíceps, tríceps, estaban desgarrados. Vio astillas del húmero incrustadas en la carne.

«Lo siento, soldado». Esa letanía siempre acudía a su cabeza cuando veía los estragos en el cuerpo de sus pacientes. Procedió a cortar, enmendar y coser.

CAPÍTULO 8

La intrusa

Sábado 26 de mayo de 2057 – 20.45 horas

—¡Cierren el Maizal!

La voz del coronel le llegó a Lava mientras cruzaba, volando por el techo, el umbral de los gigantescos portones. Suspiró aliviada al comprobar que la estratagema de Arena dio resultado. El plan era brillantemente sencillo. Ella seguiría al coronel desde una altura segura de cien metros. Confiaban en que no tuviesen activo ningún dispositivo de detección térmica, el talón de Aquiles de su invisibilidad.

El ataque al coronel solo fue una charada para que ella tuviese la oportunidad de seguirlo hasta El Maizal. Cuando la rusa les ofreció el contrato, pensó que la instalación de misiles estaría en el interior del país, tal vez en Río Hato. No, nada más lejos de la realidad; estaba en la ciudad capital. Pensándolo bien, hacía sentido, esta ubicación fue, durante mucho tiempo, parte del territorio de los Estados Unidos.

Un fuerte *clac* le indicó que las puertas se cerraron. Su mente se llenó de luz, recordando así quién era ella, Vivian Carnelli. Tuvo consciencia de sus actos con las *Muertes*.

¿Qué clase de monstruo era ese? En una camilla, los enfermeros transportaban a un ente enorme con la piel de un leopardo. ¿Qué llevaba en el cuello esa bestia? ¿Una medalla de Santa Librada? No, no una medalla, la medalla. La misma medalla que ella le regaló a su prometido, Ares, antes de partir a su nuevo trabajo en la central nuclear. ¡Ares! ¿Acaso ese engendro era su novio? El equipo médico giró por un pasillo a la izquierda. Los dejó marchar. Ella debía seguir reconociendo el recinto. Algo la movía hacia delante; era como si su cuerpo fuese un auto, pero ella estuviese sentada en el asiento del pasajero.

El Maizal era enorme. Recorrió sus pasillos, salones, bodegas, barracones de los soldados, incluso un hangar con aeronaves y helicópteros. Encontró la sala de control y los emplazamientos de los misiles: quince LGM-35 Sentinel. Localizó un puerto interno donde podrían atracar simultáneamente dos submarinos. Supuso que así lograron meter los proyectiles. Descubrió otras puertas blindadas, lo más seguro es que se trataba de una segunda entrada; si su orientación no le fallaba, debían estar cercanas al Radisson Hotel del Canal de Panamá.

Cuanto más avanzaba por el emplazamiento, más regresaba su libre albedrío. ¿Por qué estaba haciendo eso? ¿Cómo iba a salir de allí? El plan de Arena no contemplaba esa parte. ¿Por qué le resultaba tan confuso rememorar sus acciones? ¿Desde cuándo trabajaba con las *Muertes*? Aún más importante, ¿qué la motivó a hacerlo?

Flotó sobre el agua del embarcadero. Buscó su reflejo en la líquida superficie; no lo encontró. Se posó sobre el muelle. Se cobijo tras unos barriles. Su memoria se llenó de escenas. Comenzó a llorar.

Un gorgoteo salió de la garganta de Vivian cuando la imagen de la explosión de la central nuclear del Guásimo brilló frente a sus ojos. El calor volvió a abrasar su piel. La radiación invadió cada una de las fibras de su cuerpo. La onda expansiva de la detonación la arrojó a través del edificio. ¿Cuándo ocurrió eso? El año y el mes acudieron a su cabeza, diciembre del 2042. ¡QUINCE AÑOS!

En ese instante, se sintió liberada. Comprendió lo ocurrido. La verdad le dolió haciendo que sus lágrimas se incrementasen. Recordó.

La fusión del núcleo del reactor la transformó. Revivió el ardor que la envolvió. El fuego radioactivo devoró su piel, incluso se coló por su garganta llevándose su voz. Oscuridad. Despertó a mitad de la noche. La angustia la invadió. Vio el cielo poblado de aeronaves y un resplandor que rasgaba la oscuridad. Se puso en pie. Entendió la magnitud de lo ocurrido. Buscó sus manos; su mente se las mostró, allí estaban, intactas, las uñas impolutas. Parpadeó buscando la realidad. ¡Desaparecieron! Sus brazos tampoco estaban, igual que sus piernas; no veía su cuerpo. Se golpeó repetidas veces el pecho con su palma izquierda. Lo sintió, lo escuchó. Ella estaba allí. ¿Ella? ¿Quién era ella? Una neblina se asentó sobre sus recuerdos.

Corrió hacia las luces. Estaba conmocionada. Alguien la ayudaría. Nadie lo hizo, nadie la vio ni la escuchó. Vagó sin rumbo bajo el estigma de ser tratada como una aparición, un fantasma. En el camino, descubrió sus poderes. Podía volar. Era capaz de invocar llamas en sus manos. En las callejuelas de la central de Panamá, eso le valió el apodo del «espectro de fuego». No le quedó más remedio que sobrevivir amparándose en viviendas abandonadas, subsistiendo en soledad e ignorancia de su pasado.

Los años pasaron hasta que una mañana una voz se coló en sus pensamientos. Era amable, tranquilizadora. La invitó a unirse a ellos, a otros seres inadaptados, pero con habilidades especiales, justo como ella. Conoció a Arena en una derruida y abandonada mansión en la zona del antiguo Golf justo enfrente de la Avenida Santa Elena. Sobrevoló el portón cerrado con cadenas. La construcción era muy grande, con columnas griegas que estaban desgastadas por el tiempo. Frente a la puerta de la entrada, un hombre alto y delgado de pelo negro, escoltado por una extraña muchacha de melena azul y un gigante indígena vestido con ropa de cuero.

—Bienvenida, Vivian.

Las palabras fueron dulces y el hombre extendió la mano convidándola a acercarse. En ese momento el nombre de Vivian no era nada para ella.

—¿Vi-vian? —repitió con gran esfuerzo.

—Sí, Vivian. Únete a nosotros y despejaré tu mente, sanaremos tus heridas. Seremos tu familia.

Sonrió. Aceptó. Le cumplieron la promesa. Arena limpió su mente devolviéndole sus memorias. El resto del grupo la acogió como una más hasta que descubrió quiénes eran en verdad. Tras la fachada de héroes se escondía una horrible realidad.

—¡No te marcharás! —la amenazó Arena—. Nunca te marcharás.

Quiso repeler con fuego las palabras, de verdad quiso hacerlo. Su cerebro se llenó con la presencia del telépata, quien ofuscó su voluntad convirtiéndola en un títere.

Allí, llorando junto a los barriles se sintió liberada del influjo de Arena. La rabia la inundó; sus manos se inflamaron en respuesta. El combustible respondió al calor explotando. Se alejó volando.

—Ares —murmuró —, debo encontrar a Ares.

Vivian planeó por los corredores, regresando al último lugar donde vio a su prometido. Las dudas la atenazaron. ¿Cómo le explicaría que ella era una de las *Muertes*? ¿Cómo podría ayudarla si él también estaba retenido? Paso a paso; cruzaría cada puente según llegase a él. Debía encontrarlo; advertirle que sus antiguos compañeros atacarían el lugar.

Le tomó algo más de media hora localizar a su tableño; sí, aún era suyo, lo percibía en su corazón. Dos soldados armados custodiaban la puerta de la celda. Golpeó primero a uno, luego al otro; los hombres cayeron inconscientes.

Lava contempló el recinto. Una sólida puerta de acero engarzada en un robusto marco. Las paredes internas de la mazmorra estaban revestidas de paneles metálicos; la frontal era un único y grueso cristal que le permitía ver al policía. Ares, sedado sobre una camilla, estaba conectado a un monitor cardiaco.

Concentró calor en su mano derecha, la piel refulgió mostrando su contorno; introdujo primero el dedo corazón en el vidrio, luego los demás penetraron tal cual lo hace un cuchillo al rojo en la mantequilla. Rasgó una abertura y accedió a la celda. Se acercó a su novio y asió su mano.

—Ares, Ares, por favor, despierta.

Vio los tubos que se introducían en el peludo antebrazo del hombre. Los arrancó. Acarició el rostro sembrado de vellos percibiendo la calidez de su amado.

—Ares, mi dios de la guerra, soy yo, Vivian.

Ares parpadeó. Abrió los ojos.

—¿Vivian?

La mujer encendió su rostro, lo justo para permitir que él apreciara su perfil.

—Soy yo.

—Te puedo ver de una forma extraña —farfulló Ares.

Ella rompió en llanto. Dejó que su mano se deslizara desde el rostro de él buscando apretar sus dedos.

—Sí, mi amor, todo en mí es extraño ahora.

—¿Qué pasó? ¿Dónde estabas?

La congoja apretó el corazón de Vivian. Cuando iba a responder, fue sorprendida por una voz a su espalda.

—¡Queda detenida! No haga movimientos bruscos y salga de la celda.

Se dio la vuelta. El coronel Deveraux la apuntaba con un fusil; el militar llevaba unas gafas que intuyó serían sensores de calor. Otra docena de soldados también la encañonaban. Ella no quería pelear; levantó las manos.

—¡Me rindo! —anunció Vivian.

Escuchó tensarse los músculos de Ares. Las esposas que lo aprisionaban saltaron reventadas y se irguió en la camilla. Con un rugido saltó y se interpuso entre Vivian y los cuarteleros.

—¡Nadie la lastimará! —bramó el policía—. ¿Quiénes son ustedes? ¿Qué han hecho conmigo?

—Cálmese, teniente Espino. Estamos de su lado —aseguró Deveraux.

—Sus armas me demuestran lo contrario —refutó el tableño.

—Está protegiendo a una terrorista, teniente. Lava es parte de las *Cinco Muertes*, se infiltró en estas instalaciones para desestabilizar la paz mundial.

—¿Qué? Esto es absurdo —replicó Ares.

—Mi amor, es cierto lo que dicen —reconoció Vivian—. Coronel, no opondré resistencia.

—No te dejaré otra vez —aseguró Espino.

—Ninguno se irá de aquí —espetó el coronel—. El Maizal está sellado.

—¿Maizal? ¿De qué verga habla? —interrogó Ares.

—Venga conmigo y lo verá.

CAPÍTULO 9

La revelación

Panamá, sábado 26 de mayo de 2057 – 22.35 horas

«El Maizal está cerrado». Mientras seguía al coronel, la frase rebotaba en los rincones del cerebro de Ares. ¿Qué sitio era este? Una mezcla de paredes de metal y techos abovedados de cemento y piedra. Tras el combate en Miraflores, no recordaba mucho. Las *Muertes*, Miguel...

—¡Miguel! ¿Dónde está Miguel? ¿Y Angela? —interrogó el teniente.

—El cabo Miguel Chávez se está recuperando de sus heridas —informó la mujer que caminaba al lado del militar.

—¿Recuperarse? Esa bestia le arrancó un brazo, ¿cómo va a recuperarse?

—Créame, teniente, está en buenas manos. Sus amigos están bajo mis cuidados.

—¿Y quién carajos es usted? —vociferó Espino.

—Soy la Dra. Sandra McAllister, capitán de la Fuerza Aérea Estadounidense.

Vio al coronel colocar su palma derecha sobre un sensor al costado de una compuerta de color azul. Sobre el marco, un letrero con el número 0001. El metal se deslizó hacia la izquierda con un siseo.

—Bienvenido al cerebro de El Maizal —anunció el militar.

La habitación era hexagonal, con paredes de ocho metros de ancho y cinco de alto. Ares calculó que un setenta por ciento de la superficie estaba cubierto de pantallas holográficas donde se proyectaban más de cien imágenes.

Ares paseó la mirada por los monitores. Más de la mitad eran vistas de la Calzada de Amador. Las otras mostraban lugares de la ciudad de Panamá, incluyendo una veintena que mostraban las diversas esclusas del Canal.

—¿En qué lugar estamos? —cuestionó el policía.

En el medio de la sala se erguía una robusta mesa de aleación con diez sillas a su alrededor. El coronel jaló una y se sentó.

—Siéntese —indicó el soldado.

La doctora tomó asiento a la derecha de su jefe.

Por unos segundos, el teniente no supo qué hacer. La mirada del militar era intensa, sin pestañear. A regañadientes, usó una de las sillas. El mueble crujió debido al peso de su nueva anatomía.

Sobre la mesa se proyectó información del expediente del tableño.

—Usted es el teniente Ares Moisés Espino Mendoza. Tras dos años estudiando Derecho, ingresó en la academia de la policía de Panamá en el año 2040; graduado con honores en el 2043. Licenciatura en Derecho y Ciencias Políticas por la universidad de Panamá en el año 2047. Cursos de formación en Harvard, Policía Metropolitana de

Colombia, entre otros. Tirador experto, con puntuación de 93 en su último examen de tiro rápido. Ascendido a teniente en junio del 2055. Destinado a patrulla en septiembre del 2056 —recitó el coronel.

—¿Debiera estar impresionado? Cualquier chiquillo de kínder puede sacar mi ficha de internet —replicó el policía.

—Ares, ¿me permites llamarte Ares? —solicitó la doctora.

Espino asintió.

—Tus padres son Armando Espino y Mariluz Mendoza. Eres el séptimo hermano varón. Algunos hechiceros latinoamericanos afirman que el hijo número siete puede sufrir la maldición de convertirse en un *kanaima*.

—¿*Kanaima*?

—Algunos chamanes ven a los *kanaimas* como espíritus vengadores. La brujería y la superstición no son mi fuerte —la doctora hizo una pausa y le dedicó una mirada al coronel—. Analicé tu sangre; tienes una mutación en uno de tus genes que está vinculada con los metahumanos. Muchas personas presentan esta alteración de forma latente, solo en casos contados se manifiesta, como el tuyo. El desencadenamiento suele ir asociado a un evento muy traumático. Mi hipótesis es que tu cambio se vio motivado por la lucha contras las *Muertes*; no descarto la posibilidad de que tu teriantropía esté relacionada con las heridas que te infringió Jauría en su forma felina. Quizás ella fungió como catalizador influenciando en tu aspecto físico.

—En resumen, soy un *fucking* gato porque la tipa esa me arañó cuando estaba convertida en jaguar. ¿Qué? Debo dar gracias por que no me mordió convertida en rata. Si esto es un chiste, no tiene ni puta gracia.

—Teniente —intervino el militar—, no se trata de una broma. Soy el coronel Henry Deveraux, del Ejército de los Estados Unidos. Estamos en El Maizal, una base militar secreta en territorio panameño. Su transformación es un hecho desestabilizante de la seguridad nacional.

—¿Qué? ¿En serio? ¿Yo soy el desestabilizante? ¿Qué me dice de esa banda de asesinos a los que la gente aclama como héroes? Las *Muertes* son los desestabilizantes aquí, no yo —refutó Espino.

El teniente sintió un estallido de energía que le recorrió las neuronas. Crispó los dedos sobre el filo de la mesa, hundiendo las uñas en el acero. El vello de su cuerpo se erizó y el latido de sus acompañantes le martilleó en los oídos.

—Ares —la voz de la mujer fue muy suave, deslizándose dentro de sus oídos como un paño de seda—, debes calmarte. La tensión y el estrés te alteran. Mírame a los ojos y respira conmigo. Uno. Dos. Tres. Repite. Uno. Dos. Tres. Deja que cada número guíe tu inspiración y exhalación. Uno. Dos. Tres. Tu mente tiene el control. Tú tienes el control. Uno. Dos. Tres.

—Uno. Dos. Tres. Uno. Dos. Tres —repitió el oficial.

La doctora se levantó y tomó sus manos entre las de ella. La textura de los dedos de la mujer se sintió extraña. Una mueca de incredulidad surcó su rostro.

—Tranquilo, son prótesis. Todos aquí guardamos dentro nuestros fantasmas. Déjame guiarte para que recuperes tu forma humana.

El policía no pudo menos que asentir. Cerró los ojos y se dejó llevar por las palabras de la capitana. Lo melodioso de sus frases fue un bálsamo que recorrió su cuerpo relajándolo. El tono cálido calmó sus entrañas. La tormenta de ideas y sentimientos de su cerebro se aplacó dejándole un hermoso remanso de paz. La tensión de sus músculos se aplacó. Sus fibras se suavizaron. Uno. Dos. Tres.

Ares se enfocó sus manos aún sostenidas por las de la soldado. El vello ya no estaba; sus uñas eran normales. Palpó su cuerpo. Era él, nuevamente era él.

—¿Cómo?

—A diferencia de lo que dicen las leyendas y películas, la luna no tiene efecto en las transformaciones. Se trata solo de una reacción al estrés, por lo que, con entrenamiento, puede controlarse y utilizarse.

—¿Utilizarse? —dudó Ares—. ¿Para qué querría yo usar esta abominación?

—Para servir a su país y al mundo como nunca lo ha hecho —sentenció tajante el coronel—. La ubicación del Maizal se mantuvo secreta hasta hoy. Cometí un error y permití que Lava ingresase a la base.

—Se llama Vivian —interrumpió el policía—. Y ella no puede estar involucrada en nada de esto. La conozco.

—Teniente, ¿usted la escuchó admitir su culpa? Intuyo que ella recorrió las instalaciones transmitiendo mentalmente la información a las *Muertes*.

—¡Qué estupidez está diciendo!

—El líder de las *Muertes* se hace llamar Arena, un poderoso telépata. Para nuestra mala fortuna, no sabemos mucho más de su identidad —informó Deveraux.

—Esto es una locura. Me marcho de aquí. Como dijo, soy abogado, no puede detenerme, no tiene jurisdicción. Me llevaré a Vivian —amenazó Ares, poniéndose en pie.

No soportaría más esta situación. ¡Maizal! ¡Una base secreta! ¿Acaso estaba viviendo en una vieja película de James Bond?

—Teniente, se encuentra en territorio estadounidense. Como coronel, tengo completa jurisdicción para detenerlo, incluso desaparecerlo si quisiera —refutó Deveraux.

—¿Qué? ¿Cuándo me llevaron a Estados Unidos? ¿Cuánto tiempo me tuvieron drogado?

—El Maizal es un enclave dentro de Panamá, un último vestigio de los Tratados Torrijos Carter. Estamos debajo de la Calzada de Amador.

—Los tratados no dicen nada de eso —refutó Espino.

—El tercer tratado así lo plasma.

—¿Qué? ¿Cuál tercer tratado?

—El que permite que esta base exista para protección del mundo libre. Siéntese para que pueda explicarle.

El teniente volvió a tomar asiento. Su mente luchaba con la información. Recordó los debates en la universidad sobre los tratados; la discusión siempre se centraba en qué motivó al presidente Carter a entregar un eje estratégico a los panameños. Nadie puso en duda la habilidad del general y el fuerte cabildeo que se dio en Washington. Incluso así, ¿por qué ceder? Ahora lo entendía. No abandonaron por completo Panamá. Como muchas veces su amigo Duncan le dijo: «Los mayores poderes no se ven; están ocultos, manipulándolo todo desde las sombras».

—El Maizal —inició el coronel—, fue construido antes de la segunda guerra mundial como una base oculta de submarinos. A mediados de los años cincuenta se agrandó, transformándola en una instalación para lanzamiento de misiles nucleares.

—¿Qué? ¿Hay misiles nucleares en Panamá?

—Déjeme continuar. Eisenhower consideró que era lógico ampliar el poder del Comando Sur. En esos tiempos, el alcance no era el que tenemos hoy en día, pero Ike siempre fue un hombre con una gran visión. Él mismo me explicó que el Maizal tendría su rol en el futuro, que él no lo vería, pero yo sí.

—¿Qué? Eso fue hace cien años. ¿Quién es usted? —titubeó el policía.

—Nací hace doscientos cincuenta años en el territorio que hoy se llama Zambia. Mis padres me dieron por nombre Lubanzi porque para ellos fui una bendición de Unkulunkulu, nuestro creador. Pertenezco a la tribu zulú y, por azares del destino, fui capturado y vendido como esclavo. Un barco portugués me transportó a las costas de Brasil, donde vendieron a la mitad de mis amigos, al resto nos llevaron al mercado de Nueva Orleans. Durante seis años trabajé en una plantación de algodón, como las que habrás visto en las películas. Junto a cuatro compañeros escapé, no sin antes hacer un pacto con Oggun para que nos concediese la libertad. Adopté el nombre de Henry Deveraux. Participé en la construcción del ferrocarril transístmico, también en la del Canal de Panamá, donde el presidente Roosevelt me invitó a ser parte de su ejército. Años después fui ascendido a líder de la División Dragón, posición que aún hoy ostento. Puedo comprender tu incredulidad. Mi equipo no solo protege y opera el Maizal, también participa de misiones para neutralizar horrores que el ciudadano de a pie no puede comprender.

—¿Como las *Muertes*? —preguntó Ares.

—Si bien teníamos sospechas, las *Muertes* mantenían un bajo perfil. El ataque de esta noche, la incursión de Lava nos devela que somos su objetivo. Debe ayudarnos.

—¿Cómo?

—Su experiencia y su nuevo don lo hacen un candidato perfecto —recalcó Deveraux.

—¿Mi don? ¿Creen que es un don lo que me ha pasado?

—Teniente, sigue siendo usted, el mismo que se volvió policía contra los deseos de sus padres, pero ahora con un poder que puede usar para hacer el bien.

«¿Cómo sabía eso?», reflexionó el policía.

—Sé que usted es un buen hombre —prosiguió el coronel—. Acepte, ayúdenos a liberar al mundo de escorias como las *Muertes*. Sé que siempre lo ha deseado.

El alma del tableño se encogió. Las palabras del coronel... La realidad... De un día para otro el mundo se convirtió en un lugar poblado por seres de fábula. Ahora él formaba parte de ese mundo ostentando un nuevo *don* que corría por sus venas. ¿Debía ser un héroe? Ayer fantaseaba con esa posibilidad; hoy la tenía frente a él; no, no frente a él, dentro de su ser. No eran los poderes con los que podría soñar un niño; él no era un chiquillo, podía manejarlo. ¿De verdad podía?

—¿Puedo hablar con un amigo? —preguntó Espino.

—¿A quién quiere llamar? ¿Al señor MacLeod?

—¿Cómo lo supo?

—Usted lo dijo, teniente, hasta un niño podría acceder a su expediente. Llama a Duncan MacLeod —comandó el coronel.

Bastaron dos timbrazos para que la imagen del cuerpo de Duncan apareciese sobre la mesa.

—¿Ares? ¿Quiénes... Coronel Deveraux. ¿Por qué? ¿Qué ha pasado? —mascullló Duncan.

—Necesito tu consejo, amigo mío —anunció Ares.

—Te escucho —respondió Duncan.

CAPÍTULO 10
El plan

Panamá, sábado 26 de mayo de 2057 – 22.05 horas

—Perdimos a Lava —anunció Arena. Estaba sentado frente a una mesa de vidrio con patas de acero brillante. Expectantes frente a él, el resto de las *Muertes*. Jauría enfundada en unas mallas de color negro; Barú con tejanos desteñidos y una ancha camisola de lino. Como contraste, Caimán solo lleva puesto un *short* de franela y una camiseta de AC/DC.

—¿Qué ocurrió? —cuestionó Jauría.

Arena negó con la cabeza.

—Mi hipótesis es que la estructura del Maizal bloqueó mi contacto mental con ella —explicó el telépata.

—Una menos, más para nosotros —comentó Caimán.

—Esa *yeyesita*[25] nunca encajó aquí. Estamos mejor sin ella —aseveró Jauría—. ¿Conseguiste la información?

Una sonrisa se perfiló en el rostro de Arena.

—Por supuesto, gatita. Todo está en mi cabeza. Entradas, ubicaciones, soldados. Lava cumplió con creces su cometido. Ya sé cómo entraremos. En veinticuatro horas tomaremos el Maizal.

Entusiasmada, Jauría lo abrazó y le dio un beso en los labios.

—Sabía que lo lograríamos. ¿Qué hacemos ahora? —preguntó la mujer.

—Una llamada.

Desde el sótano de su derruida mansión en el Golf, Arena estableció comunicación con la coronel Ivanka.

—Buenas noches. La llamo para confirmar su pedido. Tenemos quince *gatitos* a su disposición. Le agradecería confirmar los lugares de entrega —solicitó Arena.

Aunque la imagen en el holograma estaba distorsionada, el líder de las *Muertes* pudo estar seguro de que la rusa sonrió.

—Quiero dos entregas en Washington D. C., Nueva York y Los Ángeles. Una entrega en Chicago, Houston, Phoenix, San Antonio, Filadelfia, San Diego, Dallas, San José y Austin —especificó la coronel. —¿Cuándo calculan que los pueda tener a mi disposición?

—Antes de la medianoche de mañana —confirmó Arena.

—Perfecto. Tengan presente que la mayoría de las localidades tienen sistemas de seguridad que podrían dificultar la entrega.

—Lo tenemos cubierto. Confíe en nosotros, mi buena señora. Solo recuerde el pago contra acuse de recibo.

---

[25] Expresión coloquial, derivada de "yeyé", para referirse a personas de clase social alta.

—Puede contar con eso. Gracias.

La comunicación murió.

—¿De qué carajo hablaron? —cuestionó Caimán.

—Detalles sin importancia. Vamos a lo nuestro. Jauría, Barú, visiten a los Kabul. Quiero que ellos ataquen el Ministerio de Seguridad mañana a las nueve de la noche, que le den con todo —explicó Arena.

—Estás loco, allí está la sede de los *Tecnos*, va a ser una masacre —interpeló Jauría.

—Matamos a varios de esos mamones en el MARTA, no van a querer ayudarnos —refutó Barú.

—Vamos a pagarles. Llévales la mitad del botín del museo —indicó Arena.

—Nos lincharán —aseguró la mujer.

—Ustedes ya están grandes, convénzanlos. Hagan lo que tengan que hacer, no me importa. Lo que necesito es una distracción, no es mucho pedir —expresó Arena con hastío.

El telépata apreció cómo los ojos del gigante ngöbe se encendieron con furia.

—Podemos hacerlo, claro que podemos. Tranquilo, Barú y yo nos encargaremos —aseveró Jauría—. ¿Verdad, Barú?

El indígena respondió con un bufido.

—Más les vale. Caimán, necesito que busques la entrada submarina del Maizal.

—¿Y qué quieres que haga, que me nade todo el Causeway? —replicó el teribhyano.

—¡No! Te sugiero que bucees aquí —indicó Arena, señalando con su dedo índice un punto en el mapa a mil metros del Puente de las

Américas—. Los quiero a los tres de vuelta a las cuatro de la mañana. Hay cuatro mil millones de dólares en juego, quiero que recuerden eso, cuatro mil millones.

Sin agregar más, Arena se internó en unos de los túneles que recorrían el subsuelo de la antigua morada de su familia, los Quintana. Tras menos de dos minutos, llegó a una puerta blindada con un sensor táctil como único cerrojo. Apoyó su palma y el acero se destrabó.

Alfredo Quintana, hijo de Alfonso Quintana, magnate inmobiliario panameño, entró en la habitación. El lugar era un cuadrado perfecto de seis metros de lado. En el medio de la estancia, un butacón acolchado de color negro donde su hermano, Roberto, estaba conectado a la red con un casco de interacción neuronal.

—¿Cómo vas? —saludó Alfredo sin articular palabra con su boca.

—De puta madre, hermano. Calculo que en menos de siete horas tendré acceso al NORAD. En doce, controlaré los protocolos de defensa. Aunque surjan complicaciones, no debo demorar más de dieciocho horas.

—Perfecto. Atacaremos a las nueve de la noche. Armaré una distracción. He pensado...

—Has pensado en usar a los Kabul como chivo expiatorio. No quieres perder nuestra vocación de héroe.

—Si exponemos a los gringos, mataremos dos pájaros de un tiro. Cumpliremos el encargo de la rusa y...

—Seguiremos siendo los héroes de Panamá. La gente nos aclamará, ya no solo lucharemos contra los ladrones, también seremos los...

—Guardianes de la libertad. Panamá nos necesita, hermano.

A través de su conexión telepática, los hermanos se rieron.

—Te dejo trabajar. Solo me avisas cuando estés listo.

—*Tranqui*, yo me encargo.

Alfredo dejó a su hermano. Selló nuevamente la compuerta. Solo Jauría conocía su secreto, ninguna de las *Muertes* sabía que Arena no era uno, sino dos. Desde pequeño compartieron esa conexión mental. Fue cuando cumplieron diez años que comenzaron a descubrir sus poderes. No solo eran capaces de comunicarse entre ellos, él podía leer e influir sobre otros, fue así como consiguió *convencer* a Vivian que se uniese a ellos; era así como lograba que las multitudes los aclamasen. No solo eso, también, tras mucho practicar, era capaz de mover objetos con el pensamiento.

Sus pasos resonaron en el piso de cemento del corredor. Los bombillos LED colgaban de cables vistos, creando sombras en los rincones. Esta vida, la vida que él, que ellos eligieron, distaba mucho de los lujos y fanfarrias del hogar de los Quintana, el que se pudría lentamente sobre su cabeza.

Cuando cumplieron catorce años, su padre, huyó de Panamá tras cometer un desfalco inmobiliario de 400 millones de dólares. La sociedad los señaló y les dio la espalda a su madre y a ellos. Los vetaron de clubes y asociaciones. Los bancos congelaron los escasos fondos y bienes que les quedaban. Sin plata de por medio, los amigos, los mismos que acudían a las grandes fiestas a beber champaña y comer caviar, desaparecieron. Cuatro meses después, su madre, Gladys Pereira de Quintana, no lo soportó más. Roberto y él la encontraron colgada del guayacán que se erguía en el terreno de la mansión; los pies de ella rozaban las amarillas hojas que cubrían el patio. Como despedida, una carta manuscrita aferrada a los crispados dedos de su madre:

Alfredo y Roberto, mis amados hijos.

Les ruego su perdón. No puedo soportar la humillación y la deshonra a la que su papá nos llevó. Ojalá pudiese borrar todo lo que ocurrió y regresarles su vida. Les fallé. Por favor, perdónenme.

Los amo.

Mamá.

Frente al inerte cuerpo, los adolescentes no se movieron por dos horas. De sus ojos, espesas lágrimas que corrían por sus mejillas.

«Lo borraremos todo», acordaron los hermanos en aquel entonces.

Alfredo dejó a un lado los recuerdos cuando llegó a su habitación. Empujó la puerta de madera. Era un cuarto humilde con paredes de bloques sin repellar y fuertes pilotes de madera en las esquinas. En el techo, gruesos travesaños para evitar que este se les cayese encima. Una cama de tamaño *King* que compartía con Jauría y Roberto. Se dejó caer en ella. Dormiría unas horas hasta que sus esbirros regresasen.

Si aquella vez lo borraron todo, mañana también lo harían. Convertirían Estados Unidos en un erial, un páramo arrasado por las bombas. Barrerían del mapa el mismo país que, a punta de millones, dio refugio a su padre. De poco le valió la plata; él y su hermano lo hallaron quince meses después del suicidio de su madre.

Entre las telarañas del techo pudo ver el asustado rostro de su papá cuando entraron a la casa que compró, con una nueva identidad, en las afueras de Dallas. Alfredo apretó los dientes al recordar. Primero lo asustaron. Se metieron en su cabeza. Lo insultaron. Les suplicó. Los muebles volaron en todas direcciones. Tirado en el suelo, rogaba. Lo patearon entre los dos. Sangró. Se arrastró. Pidió perdón.

—¡Mamá se mató por tu culpa!

—Por favor, por favor —respondió él.

Los muchachos buscaron en sus chaquetas y esgrimieron sendos revólveres. Eso era Texas, ni siquiera tuvieron que *convencer* al vendedor para que se los diese. Estiraron los brazos y apoyaron el cañón en la frente de su progenitor. Sus dedos comenzaron a ejercer presión sobre los gatillos.

—¡No! —chilló Roberto—. Es demasiado fácil, el cabrón no se merece que termine tan rápido.

—¿Qué sugieres?

—De qué hablan, niños, ¿qué me van a hacer? —cuestionó Alfonso Quintana, mientras una mancha oscura, acompañada de un acre olor, se extendía por sus pantalones.

Los gemelos se miraron. Sonrieron. Clavaron los ojos en su padre.

—Tú mataste a mamá —corearon—, la muerte no sería un castigo, sino una liberación.

—Lo que ustedes hicieron aquí... Son unos monstruos.

Roberto le sujetó la cabeza a su padre y Alfredo se coló en su cabeza.

«No tienes nombre, no eres nadie. Olvida tu vida, olvídanos a nosotros, olvídate de todo. Solo piensa en una cosa, en las criaturas que llevas por dentro, en esos bichos que te muerden, que te arrancan la piel con dientes afilados y alargadas uñas. El dolor te consume a cada segundo, un dolor que nada ni nadie te quitará jamás y del que nunca podrás escapar porque la muerte no es una opción para ti. Eres un cobarde que no se atreverá a quitarse la vida. No eres nadie».

Allí lo dejaron, en un charco de orina y excrementos, gritando y golpeándose el cuerpo buscando espantar los espectros que lo atormentaban.

Acostado en su cama, Alfredo se dejó llevar por el sueño.

Domingo 27 de mayo de 2057 – 03.25 horas

—Despierta, amor.

La sensual voz de Jauría le acarició los oídos. Alfredo abrió los ojos. Ella estaba sobre él; la piel del rostro cubierta con una delicada pelambre añil y ojos amarillos que brillaban con pasión. Colocó sus manos en la cintura de ella y la jaló hacia él. Antes de besarla le preguntó:

—¿Cómo les fue?

—¡Bien!

Alfredo disfrutó de los labios de la mujer, la cual estaba a media transformación para convertirse en una pantera.

—Estabas emputado antes, tal vez yo puedo relajarte —sugirió Jauría. Se deslizó sobre él usando las patas para ir quitándole la ropa.

—Me molesta cuando me llevan la contraria. ¿Cómo se portó el indio ese? ¿Convencieron a los Kabul?

—Tú sabes que en la noche se le mete el demonio *pa'l* cuerpo. Lo que tiene de amable en el día, lo tiene de hijo de puta cuando se pone el sol. El *man* se cargó a dos de los Kabul, a partir de allí la negociación fue como la seda. Atacarán a las nueve de la noche. Igual se la tienen velada al inepto del ministro. Pero ya no quiero hablar, solo déjame hacer.

Alfredo permitió que ella tomase el control. Los bigotes de la mujer le hicieron cosquillas cuando recorrió con besos su torso. Con las garras, ella trazó el contorno de sus músculos haciéndolo *despertar*.

CAPÍTULO 11
El amor

Domingo 27 de mayo de 2057 – 2.35 horas

Ares seguía a un soldado mientras otros dos lo escoltaban. Tras conversar durante horas con Duncan, el coronel y la doctora, su mente aún estaba dividida entre aceptar o no la invitación para unirse a los dragones. Les solicitó algo más de tiempo y pidió visitar a Vivian.

Los pasillos le recordaron la cuadrícula de un tablero de ajedrez; una perfecta disposición de habitaciones y dependencias. Las paredes estaban construidas de paneles metálicos. Un suave olor a ozono se filtraba en el aire, fruto de la gran cantidad de equipos electrónicos, sin lugar a duda. Un amplio ventanal a su izquierda le permitió apreciar la figura alargada de uno de los misiles. La base del arma se hundía en las entrañas de la tierra, quizás para evitar el daño que causaría la inflamación de combustible al momento del despegue. Tres silenciosas sirenas de tono ámbar se mantenían centelleantes arrancando reflejos de la superficie azul cobalto de los proyectiles.

—Llegamos, teniente —avisó el soldado al detenerse frente a una de las celdas—. Los muchachos lo esperarán para cuando quiera regresar con el coronel. Tome esto, lo necesitará.

El policía asió las gafas térmicas que le tendía el militar. Se las colocó y activó; el mundo cambió. Las paredes se vistieron de un tono claro. El cabo frente a él resaltó con un brillante color amarillo, pero que no era nada comparado con el fulgurante destello carmesí que poblaba el interior de la habitación, tanto así que tuvo que retirárselas.

—Puede atenuarlas —le explicó su guía.

Ares repitió el gesto. Tanteó con el índice el dial que bajaba la sensibilidad. El brillo fue descendiendo hasta que pudo apreciar con claridad la figura de Vivian. Allí estaba ella. Suspiró.

—¡Vivian!

Dejó que su voz volase a través de los orificios que tenía el cristal.

Ella reaccionó levantándose del catre de metal que estaba atornillado al suelo.

—Ares, viniste. Eres tú de nuevo.

—Sí, el efecto pasó. Pero eso no importa, ¿qué te ocurrió? ¿Por qué estás así? ¿Por qué dicen que eres de las *Muertes*?

—Porque lo soy. Pero no era yo, jamás hubiese hecho algo así. Arena me controlaba con su mente. Ahora los recuerdos de las atrocidades que he cometido no me dejan descansar.

—¿Te controlaba?

—Arena es un telépata con la capacidad de manipular a las personas. Me obligó a infiltrarme aquí. Tenemos un encargo de una rusa para lanzar los misiles y ahora, gracias a mí, él tiene toda la información que necesita para atacar este sitio.

Vivian agachó la cabeza, se acercó al vidrio y puso sus palmas sobre la superficie. Ares extendió su mano derecha hasta ponerla sobre la de ella.

—No tienes la culpa. Te obligaron. ¿Cómo sobreviviste al accidente de la planta?

—¿Cómo? —Las carcajadas de la mujer hirieron el corazón del tableño—. Convirtiéndome en esto.

Vivian se inflamó dejando que las llamas rodeasen su cuerpo. El destello ofuscó los ojos de Ares, notó que los soldados detrás de él apuntaban con sus fusiles hacia Lava.

Tan rápido como se incrementaron, las flamas disminuyeron.

—Ahora ambos somos monstruos, Ares.

—No eres un monstruo, Vivian, eres mi...

El tableño no supo cómo concluir la frase.

—¿Novia? ¿Prometida? ¿Quizás amor verdadero? En nuestro mundo eso ya no tiene sentido —concluyó Vivian.

—Siempre tendrá sentido. Yo no te he olvidado, no he podido, no he querido hacerlo—. Ares se llevó la mano a la medalla de la virgen que ella le regaló—. Te juro por lo más sagrado que te amo, siempre ha sido así y siempre lo será.

La mujer se echó hacia atrás negando con la cabeza.

—No, no te alejes de mí, por favor, no de nuevo —rogó Ares.

El retumbar de unos pasos llenó el pasillo por el que llegaron. El teniente se giró en el acto hacia el origen del sonido. Vestido con uniforme militar negro, el coronel se plantó frente al vidrio.

—Señorita Carnelli, dígame, ¿cómo era la rusa?

—Era su amiga, la del Café Coca-Cola —respondió Vivian.

—¡Maldita mujer!

Ares pudo ver que el rostro de Deveraux se arrugaba por el enfado.

—¿Quién es ella? —cuestionó el policía.

—Una vieja amiga. Aunque puede que la palabra amiga no sea la más adecuada —admitió el coronel—. ¿Cuál era el plan? ¿Cuándo van a atacar?

—No lo sé. Arena es muy reservado. Él necesitaba encontrar la entrada, por eso me envió, para que le diese la información de este lugar. Estoy segura de que él vio todo a través de mis ojos —explicó Vivian.

—El Maizal está cerrado. No pueden entrar —afirmó Deveraux.

—Si es necesario, Arena derribará cada una de las defensas. José se encargará de hacerlo, ese indio podría hundir Panamá en el mar.

—No puede tener tanto poder.

—En la noche sí —apuntó Vivian.

—¿Por qué?

—José, José Toledo, al que conocen como Barú, era un muchacho de una de las comarcas con muchas aspiraciones. Según me contó, sus maestros le decían que tenía talento y lo ayudaron a estudiar. Él quería ser ingeniero, pero su papá no lo dejó; le decía que él era tan alto y fuerte que su destino era recoger cosechas en Boquete, que así ayudaría a su familia. Él se negó y su papá lo golpeó. Se imaginan a un tipo de poco más de metro y medio castigando a un gigante como José. El muchacho corrió fuera de la aldea llorando. Se cobijó bajo un roble y se durmió maldiciendo a su padre. Los sueños le trajeron la visión de un dios, *tepeyol*, creo recordar. Cuando despertó, las chozas de su pueblo estaban destruidas, algunas hundidas en la tierra y él tenía la cabeza de su papá en las manos. El dedo índice de su mano izquierda le ardía y descubrió que tenía un anillo de piedra negra incrustado en la piel. En el día, José es un buen muchacho; en las noches su mirada se oscurece, como si un espíritu de venganza se apoderase de él. Estoy seguro de que Arena atacará de noche para aprovechar la plenitud de los poderes de José —aseguró Vivian.

—Gracias, señorita Vivian, esta información es muy valiosa. Nos ayudará a detenerlos.

Ares pudo ver que su *prometida* volvía a negar con la cabeza.

—Vivian, confía en el coronel —añadió el tableño.

—Y usted, teniente, ¿confiará en mí? ¿Se unirá a nosotros? Esta amenaza no es ningún juego, lo necesitamos.

El teniente se retiró las gafas térmicas. Las dudas que podía albergar se disiparon. Su alma, su corazón y su mente comprendieron que no podía negarse a ayudar. Extendió su mano derecha hacia el líder de la División Dragón, quien se la estrechó con fuerza.

—Acepto, coronel. Será un honor servir a su lado.

Panamá, domingo 27 de mayo de 2057 – 13.55 horas

Tras haber almorzado en el comedor con el resto de la tropa, la doctora lo acompañó al gimnasio para ayudarlo a controlar sus poderes.

—Concéntrate, Ares —indicó Sandra—. Tú tienes el control sobre tu transformación.

El teniente se sentía inservible. Llevaban más de cuarenta cinco minutos tratando de cambiar y lo único que consiguió fue una horrible jaqueca.

—Sandy, no puedo, es imposible.

—¿Qué sentiste cuando te transformaste? ¿Qué te motivó?

—Una mezcla de rabia, dolor y miedo. Ese animal acababa de atravesarme, Miguel se moría y pensé que no saldríamos de allí vivos.

—Trata de aferrarte a esos sentimientos, replícalos para que consigas cambiar. Te necesitamos.

—*Chucha*, Sandy, yo sé que me necesitan, pero no puedo, no puedo. ¿Es que no lo entiendes? No sé cómo hacerlo. No tengo un interruptor que haga que mis garras se desplieguen o mis colmillos crezcan.

Ares se dio la vuelta, hastiado de su inutilidad. Sintió el peso de la mano de Sandra sobre su hombro. Los dedos le transmitieron calidez, los percibió reales, verdaderos.

—Discúlpame, Ares. Sé que no tienes interruptores, no eres como yo. Soy doctora, sé curar huesos, coser heridas, pero no tengo ni idea de cómo se activa tu transformación.

El teniente giró nuevamente. Tomó la mano de Sandy y la observó. Los dedos no tenían uñas, tampoco pliegues o huellas dactilares; la piel, donde por supuesto no se apreciaban venas, era lisa, impecable. Deslizó un dedo sobre la superficie magenta; era suave al tacto y cálida. Antes de llegar al codo, se apreciaba una ligera costura en forma rectangular, imaginó que allí era donde se replegaba el cañón de plasma. Los brazos artificiales estaban pegados al cuerpo, un par de centímetros más allá de la articulación del hombro; la cicatriz era una mezcla entre un cordón de soldadura color crema y leves hilos de plata. La doctora vestía una camiseta violeta de tirantes junto con unas mallas negras que le llegaban debajo de las rodillas; medias por debajo de los tobillos y zapatillas de un morado claro con cierres de velcro en vez de cordones, quizás porque sus dedos no eran tan ágiles. Desechó la idea, si seguía siendo cirujana, era seguro que tenía completa movilidad en sus manos.

—¿Cómo se siente? —cuestionó Ares.

—Como si fuesen míos y, a la vez, como si no lo fuesen. No es lo mismo, pero es lo mejor que tengo.

Los ojos del policía se posaron en el escote de Sandy. Una cicatriz se asomaba solo un centímetro por encima de la tela.

—La metralla de la bomba destrozó mi esternón. Lo reemplazaron por una prótesis construida con una aleación de titanio, vanadio y aluminio. O tal vez lo que realmente estabas mirando eran mis pechos.

—Perdón, no quería ser indiscreto —mencionó Ares sonrojándose.

Sandy se rio.

—Te estoy jodiendo, Ares. Esto —la doctora levantó los dos brazos—, me ha servido para seguir siendo útil. La otra alternativa hubiese sido que alguien me diese la comida todos los días o me vistiese. Eso no lo habría soportado, soy un soldado, me gusta servir a mi país, a la gente. Mis nuevos brazos son un regalo.

—¿Quieres decir que debo estar agradecido?

—Estás vivo, eso es suficiente para dar gracias. Si no fuese por tu condición especial, podrías haber muerto. Puede que no te puedas transformar ahora, pero estoy segura de que lo lograrás.

—¿Y si las *Muertes* atacan antes?

El brazo derecho de Sandy se movió a vertiginosa velocidad. Ares pudo escuchar un leve zumbido y una descarga azul salió proyectada de uno de sus cañones de plasma. Un maniquí de entrenamiento estalló en pedazos.

—Te necesitamos, pero los dragones no estamos indefensos.

«Sin duda, no lo están», reflexionó Ares.

CAPÍTULO 12
La incursión

Domingo 27 de mayo de 2057 – 20.49 horas

Cuando el furgón cruzó por el paso subterráneo de la avenida de los Mártires, Jauría lo aceleró hasta llevar la máquina a marcar ciento veinte kilómetros por hora. Bordeó las faldas del Cerro Ancón y en la intersección del Chorrillo giró a la derecha, rumbo al puerto. Varios golpes en la parte trasera le recordaron que su carga no tenía cómo agarrarse.

—Lo siento, chicos. Aguanten un poco, pronto llegaremos.

Medio centenar de perros le ladraron en respuesta. No le gustaba utilizar animales para los trabajos, por eso siempre se inclinaba por las mascotas caseras; al domesticarlos, los humanos les hicieron perder su *salvajidad*, si es que esa palabra existía. Ahora, en sus manos, recuperarían ese afán de depredadores, lo que nunca debieron dejar de ser. Tal vez algunos morirían, pero lo harían con sus espíritus libres de collares, chapitas y comida procesada.

Dejó atrás el antiguo edificio del YMCA, ahora reconvertido en Museo de la Zona del Canal. Se saltó el siguiente semáforo y llegó en segundos a la entrada de los muelles.

—En posición, Barú, puedes proceder.

Giró a la izquierda. A un costado, varias decenas de camiones. Sus amigos comenzaron a aullar en respuesta a los estímulos mentales que ella les mandaba. ¡Hambre! ¡Comer! ¡Soldados! Escuchó las dentelladas cargadas de desesperación.

Un estruendo enorme y un traqueteo en el camino le indicaron que Barú inició su parte del plan: abrir El Maizal. En ese mismo instante, varias balas impactaron sobre el capó levantando la pintura.

—¡Malditos! ¡Me disparan desde el cerro! ¡Putos soldados de mierda! —chilló Jauría.

Panamá, 27 de mayo - 20.55 horas

Desde su posición en el Cerro Sosa, Lucas Hatsumi vio el camión acercándose hacia la entrada norte de El Maizal. Él y la brigada de limpieza quedaron fuera de la base cuando el coronel ordenó el cierre. Aprovecharon esa situación para ser los vigías en el exterior y repeler la amenaza. Junto a él, media docena de efectivos armados con fusiles.

—Coronel, se acercan hostiles. Un camión amarillo. Detecto múltiples fuentes de calor en el interior —informó Lucas al bajar los binoculares con los que enfocaba el vehículo.

—Sargento, proceda a neutralizarlos —autorizó Deveraux.

—Ya escucharon al coronel, bárranlos del mapa.

Antes de que el primer disparo se diese, Lucas fue sorprendido por un temblor que lo hizo trastabillar.

—Disparen, disparen —rugió Hatsumi—, yo me encargo del indio.

El militar dejó a sus hombres en la parte superior y descendió por la ladera. No divisaba la forma de la *Muerte*, sin duda estaría a los pies de la entrada. Comenzó a correr. La densa vegetación no fue impedimento para llegar en segundos a la parte más alta del muro. Se inclinó para evitar que el contorno de su figura lo delatase.

Un segundo golpe tambaleó la antigua estructura de bloques de piedra. Se asomó. Barú golpeaba con sus puños el empedrado frente a la pared. Escuchó el crujir de la roca y el metal cuando la puerta que reemplazaba al holograma se desplomó hacia dentro.

—¡Maldición!

El camión destrozó la verja exterior y el indígena saltó con agilidad sobre el techo del vagón, abollando la plancha de metal. Lucas, antes de dejarse caer, vio que el vehículo se internaba en las profundidades de El Maizal.

—Coronel, irrumpieron. Equipo, síganme a la entrada.

—Los vemos en las cámaras, sargento. Estamos preparados —afirmó Deveraux.

—Señor, los portones no resistirán. Este hijo de puta destruyó la entrada como si fuese de papel.

—Soy consciente de eso, sargento. Atáquelos por la retaguardia.

—Copiado. Voy tras ellos.

Hatsumi desenfundó su espada, la misma que su padre le regaló cuando cumplió dieciocho años y que lo reconocía cómo heredero del Dojo Hatsumi. Entrenado en ninjutsu desde que fue capaz de caminar, Lucas creció en El Valle, a las afueras de Los Ángeles. Su padre provenía de una larga tradición de senséis en Japón, emigró a los Estados Unidos a inicios del 2000 como parte de una promesa que le hizo a su esposa. Estableció el dojo solo para alumnos que realmente quisiesen seguir el camino. Al cruzar el umbral de El Maizal, le vino a la memoria el momento en que le informó a su padre que deseaba ser parte del ejército, que quería servir al país que lo vio nacer y para llevar honor a su familia. La mirada de Daisuke Hatsumi fue de tristeza; sujetó por el hombro a su hijo. Las palabras que dijo se le grabaron en el alma a Lucas:

—¿Puede un padre robar los sueños de un hijo? Las decisiones de tu vida las tomas tú, Lucas, no yo. Me siento satisfecho por haberte enseñado esa lección. No hay pesar que no se borre con el orgullo de tenerte como hijo.

De eso hacía nueve años. En ese tiempo, no solo reforzó sus conocimientos con las técnicas militares, sino que también consiguió ascender y graduarse como un Navy Seal. En uno de los entrenamientos con ese grupo de élite, tuvo como instructor al coronel Deveraux; ese hombre era una leyenda dentro del ejército, entrenar con él fue todo un lujo. Al ser promovido a Seal, el mito se le acercó para ofrecerle un puesto en la División Dragón.

—Tus talentos nos vendrían muy bien en el equipo —le comentó Deveraux.

La mirada del militar no le dejó lugar a dudas, de algún modo, no sabía cómo, conocía su secreto, sus habilidades ocultas que se remontaban a enseñanzas milenarias del clan Hatsumi. Lucas era capaz de manipular sus *chakras* para materializar objetos de energía que podía lanzar o utilizar como armas.

Panamá, 27 de mayo - 21.01 horas

Barú trató de cerrar sus oídos a los lacerantes ladridos de los cánidos que Jauría controlaba detrás suyo. Él estaba con ella cuando Arena le ordenó que armase un pelotón de canes. «Distracción», eso fue lo que el jefe les explicó.

Contempló las enormes puertas frente a él. Las de la entrada, comparadas con estas, parecían de juguete. Pasó la mano por el metal. En algún momento de su vida quiso ser ingeniero; su destino lo llevó a ser un destructor.

«Con cuidado», recordó las palabras de Arena, «No debemos comprometer los misiles. Rompe lo justo y necesario».

Hincó una rodilla en el suelo de concreto. Golpeó con ambos puños la plana superficie, justo enfrente del portón, incrustando sus manos en el cemento. Dejó que su cuerpo y su espíritu hiciesen lo demás. El garaje comenzó a temblar. Los perros aullaron. Las alarmas de dos vehículos se encendieron y varias sirenas chillaron desde el techo y paredes.

El poder de Tepeyóllotl corrió por cada una de las fibras de su ser. Desde el interior del suelo le llegó el brillo ambarino de su anillo. Las vibraciones sacudieron las bisagras del portón. Nubecillas de polvo se desprendieron del techo. El ruido se fue haciendo más y más intenso. Barú sacó ambas manos del concreto y empujó la puerta. El dios no solo lo bendijo en su momento con el control de la tierra, también le obsequió una fuerza prodigiosa. El metal crujió. Una rajadura se extendió desde el extremo inferior derecho hacia el quicio superior. Los músculos de sus bíceps se tensaron semejando cables de acero. En su frente palpitó una vena. Una única gota de sudor corrió por su sien derecha.

Un último esfuerzo, un último empellón, la portentosa construcción cedió cayendo hacia dentro y levantando una grisácea polvareda. El Maizal se abrió.

Desde detrás de él se alzó imperioso el grito de Jauría.

—¡Ataquen!

Como si fuesen una marea, los perros pasaron junto a él. Rottweilers, pitbulls, pastores alemanes, dóberman; un impresionante ejército sometido bajo la voluntad de Mónica. Conociendo las asesinas intenciones de la ama de las bestias, el dios dentro de José Toledo sonrió.

Fue entonces cuando los disparos comenzaron. Algunos impactaron en su pecho, los sintió como si fuesen balines de plástico. Le apuntaban a él, por lo que ninguna bala impactó en los canes.

Desde el cuerpo humano que controlaba, Tepeyóllotl emitió una carcajada y comenzó a caminar en dirección a la entrada.

Domingo 27 de mayo - 21.01 horas

«¿Perros? ¿Qué locura es esta?», fue lo único que pudo pensar el coronel Deveraux al ver las cámaras del garaje. Esa maldita mujer llevaba una multitud de esos animales en el camión. ¡Qué estúpido plan involucraba pulgosos!

Su reflexión se detuvo cuando observó al indio aproximarse a la puerta de entrada. Durante un segundo, su mirada y la de Barú se cruzaron a través del monitor. ¡Lo vio! No, allí dentro no estaba José Toledo, ya no más. Esos ojos encendidos le recordaron a los de Oggun, la misma rabia, el mismo odio y deseo de destrucción. No, no podía ser.

Sintió la vibración en El Maizal. Las imágenes titilaron.

—La puerta se mueve.

La información le llegó a través de los altavoces.

Apretó un botón sobre la consola central y las sirenas comenzaron a ulular. Miró a su equipo: Sandra y Tommy, además de cinco soldados.

La doctora portaba su armadura exoesquelética; se trataba de un prototipo ligero que la protegía contra impactos leves y medianos de arma de fuego. Adicional, fungía como soporte para potenciar su capacidad de levantamiento de peso, evitando la limitación de las partes humanas de la capitana.

Tommy, Tomás Rincón, natural de Miami con raíces cubanas, vestía el uniforme estándar de la base, incluyendo chaleco antibalas. En su cintura portaba aparejos de los que colgaban doce granadas.

—Protegeremos los misiles —confirmó Deveraux al grupo.

—Sí, señor.

La puerta cedió. Los disparos comenzaron y la carcajada de Barú resonó en las bocinas.

«El Maizal no caerá», se juró el coronel.

Domingo 27 de mayo - 21.01 horas

Cuatro destartaladas *vans* abrieron fuego contra el edificio del Ministerio de Seguridad. Balas de ametralladoras y granadas impactaron el lugar destrozando ventanas y provocando incendios.

Los dos guardias en la garita de la entrada trataron de repeler el fuego disparando con sus pistolas. Una barrida con una M60 destruyó la pequeña caseta silenciando las armas y los corazones de los policías.

Sentado en un banco frente al ministerio, Arena contempló la escena con tranquilidad.

Miembros de la banda Kabul salieron de los vehículos; contó veinticuatro. Los maleantes corrieron en dirección al ministerio con armas en mano.

En el nuevo edificio, adjunto al de seguridad, estaba el cuartel general de los *Tecnos*. Según los informes, la brigada estaba compuesta por cincuenta unidades y siempre quince de ellos estaban de guardia.

—¿Cuánto tardarán en aparecer? —se preguntó Arena en voz alta.

El espectáculo de destrucción seguía frente a él. Tamborileó con un dedo sobre el brazo del banco.

Un chirrido metálico, luego dos, y más, se sumaron a la cacofonía de la batalla. Los vio. Quince efectivos y por lo menos tres diferentes tipos de armaduras. ¡Perfecto! Era bueno tener variedad.

Los *Tecnos* avanzaron con rapidez hacia el combate. Arena barrió sus mentes y tomó las riendas antes incluso de que pudiesen hacer ningún disparo.

«¡Ustedes vienen conmigo!», ordenó Alfredo con telepatía a los policías. Los tecnificados cambiaron su ruta para dirigirse hacia él. Enfocó la mirada en los miembros de Kabul: «No disparen a los *Tecnos* o se las verán con las *Muertes*».

Los pandilleros les dieron paso a los policías tecnificados que se alejaron del ministerio. Arena se levantó del asiento al verlos llegar.

—Caballeros, hoy haremos historia al recuperar el último pedazo de soberanía que le falta a Panamá —informó Arena.

Alfredo se subió en la Ducati que estaba aparcada junto a él.

—Escóltenme.

Aceleró la moto en contravía de la avenida Amador.

En la mañana sopesó la idea de utilizar la otra entrada a El Maizal, pero dudó del poder de penetración de los *Tecnos*. Aprovecharía la brecha abierta por Barú y el caos de los perros de Jauría. A una velocidad promedio de ciento veinte kilómetros por ahora, le tomaría apenas noventa segundos recorrer los tres mil metros hasta la entrada de la base gringa. El resto del dinero de los rusos pronto sería suyo.

Domingo 27 de mayo de 2057 – 21.01 horas

El incesante goteo del plasma y antibióticos martilleaba los oídos del teniente Espino. Vestido con ropas de camuflaje gris, sujetaba un fusil en la enfermería. Caminaba de un lado para otro, impaciente. En la cama yacía Miguel; al lado del herido, Angela estaba sentada sujetándole la única mano que le quedaba a su amigo. Fuera del recinto, un grupo de cinco soldados custodiaba la entrada.

Debido a su inutilidad en el control de sus nuevos poderes, el coronel le pidió, no, le ordenó que escoltase a sus amigos.

—¿Qué nos va a pasar? —masculló Angela. Los ojos de la hermosa mujer estaban hundidos, el pelo revuelto y la camiseta beige, con la palabra ARMY escrita, que le prestaron le quedaba grande.

Ares se detuvo, apoyó el arma en el suelo y agarró con ambas manos la barra a los pies de la cama.

—Cuando salgamos de aquí, tendrás la historia de tu vida.

—¿Tú crees que...

Fue entonces cuando se escuchó el primer crujido y el suelo tembló bajo sus pies. El canal de comunicación que le habilitaron para estar informado se llenó del ruido de disparos.

—Ya entraron —anunció el tableño.

La mano de Ángela se crispó alrededor de la de Miguel. El policía reaccionó abriendo los ojos.

—¿Dónde estoy? —preguntó Chávez con un hilo de voz.

—¿Estás bien, mi amor? La doctora te curó —explicó Angela.

Espino vio incredulidad y confusión en los ojos de su amigo.

—Ese animal me mordió.

Miguel giró la cabeza a su izquierda buscando su herida.

—¡MI BRAZO! ¿Dónde está mi brazo? —chilló Miguel.

—Cálmate, mi vida. Tú estás bien —trató de consolarlo la mujer.

—¿CÓMO *CHUCHA* VOY A ESTAR BIEN SI ME ARRANCARON EL BRAZO?

Angela rompió en llanto.

—Mi hermano, tienes que calmarte. No hay tiempo para explicarte, pero las *Muertes* acaban de entrar en este lugar. Debemos estar atentos —sugirió Ares.

—Mi brazo, mi brazo —sollozó Miguel—. ¿Qué voy a hacer ahora?

—Deja de llorar, Miguel. La doctora perdió sus dos brazos y ahora tiene dos reemplazos sintéticos. Tiene una vida completamente funcional.

—¿La doctora? ¿Qué doctora? ¿De qué verga hablas? Me importa mi brazo, no los de la doctora.

Espino se acercó hasta la cabecera de la cama y puso su mano sobre el hombro sano de su amigo.

—Confía en mí, Miguel, confía en mí. Te prometo que cuando esto pase me encargaré de que vuelvas a la normalidad.

En respuesta, el cabo frunció el ceño con los ojos inyectados en ira.

—Angela —prosiguió Ares—, quédate con él. Yo tengo que ver cómo puedo ayudar. *Bro*, ¿te sientes con fuerza para sujetar un arma?

Miguel negó con la cabeza.

—Yo puedo hacerlo —comentó la periodista—, aprendí a disparar en la finca de mis abuelos.

Ares tendió el fusil a la mujer, quien lo agarró con soltura.

—Regresaré —anunció Espino al salir de la enfermería.

Domingo 27 de mayo de 2057 – 21.01 horas

Dentro de una estrecha tubería, Caimán se desencajó algunos de sus huesos para poder avanzar. Llevaba reptado lo que calculó eran doscientos metros. Sus rasgados ojos distinguieron un leve resplandor al final. Avanzó unas decenas más de metros hasta una nueva rejilla. Atisbó a través de las rendijas; vio columnas de soporte para los muelles que se clavaban en el fondo rocoso y distinguió brillantes luces en el techo del embarcadero. Ese era el lugar. No requirió mucha fuerza para desencajar la trampilla del marco.

Le bastaron un par de pataleos para alcanzar la superficie del agua y aterrizar sobre uno de los muelles de El Maizal. Como bien supuso Arena, el recinto estaba despejado. Era posible que los soldados estuvieran custodiando la entrada que debía derribar Barú.

El lugar se estremeció con un temblor que provocó ondas en el agua. Las hileras de dientes de la bestia refulgieron imitando una sonrisa. Su misión era atacar desde la retaguardia, romper las filas y facilitar la llegada del jefe al centro de comando. Sus sentidos le confirmaron hacia dónde estaba el norte. Corrió en esa dirección.

Sentía gozo al tener la oportunidad, por fin, de vengarse de los gringos. Esos desgraciados lo capturaron a él y a sus dos hermanos en la selva cuando cazaban para su aldea hacía veinte años. Dieron batalla, al menos media docena de soldados cayeron en ese momento; sedados, los transportaron a una instalación en medio del Darién. Experimentaron con ellos. Sus hermanos murieron dejándolo solo. ¡Resistió! Su organismo aceptó las mejoras, lo que hizo que siguiesen probando. Fuerza mejorada. Armadura subcutánea. Branquias. Visión térmica. Los científicos estaban felices con él, con su rata de laboratorio. Ya no más. Una mañana, simuló su muerte reduciendo al mínimo los latidos de su corazón. ¡Funcionó! Lo abandonaron en una fosa a un par de kilómetros del recinto; imaginó que allí también dejaron a sus hermanos. Consideró regresar a su pueblo. Su reflejo en un arroyo le hizo ver lo que hicieron con él. Era una bestia, un animal. Huyó.

Ese tiempo quedó atrás. Hoy debía seguir la estrategia de Arena. Su estómago gruñó con hambre. Apuró la carrera, ansiando encontrar pronto algún aperitivo.

CAPÍTULO 13
El despertar

Domingo 27 de mayo de 2057 – 21.11 horas

Sin letreros o mapas, Ares se sentía perdido en la inmensidad del Maizal. Los ruidos rebotaban en los recovecos, imposibilitándole detectar de dónde venían. Las órdenes del coronel estallaban en sus oídos; en algún lugar se libraba un vil combate y él era un cero a la izquierda.

Llegó a una escalera metálica. El crujir de los peldaños llamó su atención. Se asomó. Alguien escalaba con brío. Se echó hacia atrás. Desenfundó la pistola *Desert Eagle* que llevaba en el cinto y la amartilló. Cuando vio la cabeza del reptil, disparó. El retumbar de la pólvora reverberó en los pasillos. La bala rozó la sien derecha del ser, haciéndole un leve rasguño.

—¿Tú? ¿Cómo carajo sigues vivo? —cuestionó el miembro de las *Muertes*—. Con lo que te hice debieras estar dos metros bajo tierra.

Ares hizo cuatro detonaciones más que dieron de lleno en el pecho de la criatura. Fue entonces cuando pudo verlo en detalle.

Caimán, de dos metros de altura, tenía el cuerpo cubierto por completo con escamas de un oscuro tono verduzco. La caja torácica era de un tono un marrón claro surcada de estrías negras. Vestía un pantalón de neopreno azul y tanto pies como manos estaban coronados por garras de tres centímetros. Los rasgos faciales aún reflejaban reminiscencias humanoides; los ojos, un poco separados, tenían un tenue y despiadado brillo azul. En la boca, protuberante comparada con la de un humano, hileras de afilados dientes tan amarillos como el pus de una herida infectada.

—Estoy blindado, ahuevado, ¿o es que no te acuerdas? Tu pistolita de mierda no me hace nada. En cambio, con estos me encargaré de despedazarte —desafió Caimán, mostrándole las zarpas y colmillos.

Aún le quedaban diez cartuchos más y dos cargadores de repuesto. Dudó si seguir disparando al monstruo. De algún modo, la piel del lagarto fungía como coraza protectora. Retrocedió unos pasos y buscó ayuda en el pasillo, estaba desierto. Distinguió unas tuberías rojas en el techo.

—¡Acércate, animal! —chilló el tableño.

Un rugido fue la respuesta.

Ares presionó varias veces el gatillo. Cada proyectil atinó con violencia en el tórax del teribhyano. El teniente vio retroceder a su adversario. Enfocó el cañón en el techo y dejó escapar dos detonaciones. Un chorro de vapor escapó de las cañerías llenando el corredor. Aprovechó para hacerse un poco más hacia atrás. A su izquierda, una manguera contra incendios y un hacha. Rompió el cristal con la culata del arma. Los trocitos de vidrio tintinearon al rebotar sobre el suelo.

—¿Acaso crees que no te veo, *tongo*? —vociferó la *Muerte*.

El teniente disparó hasta que la pistola respondió con un clic. ¡Vacía!

—¡Maldición!

Un puño salió de la humareda, rasgándole el hombro izquierdo. Soltó la *Desert Eagle* y extrajo el hacha de su asidero; el filo del acero refulgió azul.

—Ven acá, Juancho, voy a convertirte en ceviche de lagartija —amenazó Ares. Blandió el hacha de un lado a otro.

El siseo del vapor terminó. Medio pasaje se mantenía cubierto por el gas.

—Puedo oler tu miedo, policía —se mofó la criatura—. ¿Crees que un hacha me detendrá?

Espino distinguió una forma en medio de la neblina y trazó un arco con la cortante herramienta. El metal refulgió bajo las luces LED hasta clavarse en el suelo. Un chillido acompañó al estruendo.

—¡*Hijo'e* puta, me volaste un dedo!

El policía no tuvo tiempo para regodearse por su ínfima victoria, un manotazo lo azotó, lanzándolo hacia una de las paredes. Su cabeza atizó la superficie con un impulso bestial. Sintió correr sangre por su cara y perdió fuerza en sus piernas. Se deslizó por el muro hasta terminar derrengado en el suelo. Estrellas flotaban frente a sus ojos. Apretó los dientes buscando no desmayarse.

La bestia renqueó hacia Ares; la vio recoger el hacha.

Caimán se lanzó el arma de una mano a la otra. Sonrió.

—Hoy tenemos carne en el menú —anunció el lagarto, levantando el filo.

Espino vio la rabia, la ira homicida que emergía de los ojos de la *Muerte*. Respiró con fuerza. Afrontaría con valor su destino.

El hacha descendió vertiginosa.

—¡NOOOOOO!

El grito de Vivian vino acompañado por una llamarada que envolvió por completo a Caimán. El arma tintineó al caer al piso.

—No te dejaré matarlo, maldito monstruo —afirmó la mujer.

Las llamas se disiparon. El reptil tenía los antebrazos levantados y la piel de estos ennegrecida; varias ampollas supuraban.

—Nunca fuiste de fiar, nunca fuiste de los nuestros —replicó Caimán.

—¡Yo no soy una asesina!

—¡Estúpida! Nadie te ha llamado eso, la culpa te corroe, pero no te preocupes, no te durará mucho. Siempre te tuve ganas, *yeyesita*. Primero me encargaré de ti y luego de tu noviecito.

—Ares, vete de aquí. Yo me encargo de Caimán.

El policía sintió las manos de Vivian tomarlo por las axilas hasta ponerlo en pie. Puso su palma sobre donde pensó estaría la mejilla de su novia. La piel era tersa, suave, muy cálida, como una taza de café recién servido.

—No, no te dejaré con ese animal —expresó Espino.

Caimán saltó hacia al frente y la fémina lo repelió con un escudo flamígero.

—¡Qué te vayas! —ordenó Vivian.

Los golpes que lanzaba el lagarto sobre el fuego sonaban como goterones sobre las ascuas. Uno tras otro, hasta que la defensa cedió.

Ares y Vivian cayeron por el impacto de la criatura.

Tendido sobre el suelo, el policía vio cómo Caimán levantaba a la mujer sujetándola por el cuello. Leves llamas recorrían a Vivian enmarcando su cuerpo.

—No será rápido y no te gustará —profetizó el teribhyano, lanzando un puñetazo contra el estómago de la fémina.

Vivian bufó de dolor.

—Apenas estamos empezando —prosiguió el reptil.

Volvió a incrustar el puño en el abdomen de la física. Luego, sin soltar la garganta, rasgó con tres de sus garras el rostro de Vivian. Las heridas brillaron como si fuesen filamentos incandescentes.

—Maldita bestia, déjala, solo mátame a mí —rogó Ares.

—No tengas prisa, ya te tocará.

El tableño observó los golpes que caían sobre el cuerpo de su amor. Las heridas que las zarpas de Caimán provocaban en la mujer resplandecían como si su sangre fuese magma. La cabeza le comenzó a doler. Una película ambarina nubló su visión. Sintió sus latidos ralentizarse y le costaba respirar. La agonía de su testa se extendió por el resto del cuerpo. Crujidos tronaron en su espalda y sus huesos comenzaron a crecer. ¡Otra vez! En sus venas y arterias, la sangre corrió vertiginosa. Cambiaba. Sentía el poder nacer dentro de él. Mil olores poblaron su nariz; un sinfín de sonidos se coló en sus tímpanos. Con sus nuevos ojos pudo ver a Vivian en su esplendor y sufrimiento. La tortura terminaría ahora.

Cerró el puño con fuerza y lanzó un derechazo a la mandíbula de Caimán. La potencia de sus nuevos músculos arrancó media docena de dientes de la quijada del lagarto.

—¡Qué *chucha*! —exclamó la *Muerte*, atontada.

El cuerpo de Vivian cayó con pesadez. Los finos oídos de Ares apreciaron los suaves pero consistentes latidos de su amor. ¡Estaba viva!

—¿Qué...? ¿Quién eres tú? —preguntó Caimán, aún ofuscado.

—Yo soy Ares Espino, tú heriste a mi novia, prepárate a morir.

El policía se irguió en toda su estatura, abrió y cerró la manos, exhibiendo una decena de uñas del doble de largo de la hoja de un escalpelo.

—¿Crees que me asustas, maldito engendro? —vociferó Caimán—. No sé qué brujería es esta, pero yo soy un guerrero teribhyano, un gatito no me hará temblar.

Espino elevó los brazos, imitando la postura de un púgil. A su mente acudieron las lecciones de la academia. Apreció el reguero de sangre que corría desde la boca del lagarto, ese sería su objetivo. Lanzó un *jab* con su izquierda. Su adversario fue rápido, bloqueándolo; era lo que esperaba. El reptil descuidó su guardia. Ares repitió un derechazo que aplastó con saña la mejilla de Caimán. El terrorista trastabilló.

«Eres mío», pensó Ares.

Sin dudarlo, repitió el golpe cruzado esperando tener un resultado similar a los dos previos. El destino jugó en su contra. Una milésima de segundo antes de lo que esperaba sería el impacto, apreció la encarnada sonrisa del criminal. La bestia le agarró el brazo con ambas manos, clavándole las garras en el bíceps y en los músculos del antebrazo. El dolor lo traspasó. Trató de zafarse; fue inútil el intento.

Las fauces de Caimán se expandieron.

—Me harté el brazo de tu amigo, ahora me zamparé el tuyo.

Ares sintió cómo los colmillos se hincaron golosos, traspasando dermis, cercenando tendones y llegando hasta los huesos. Gritó. El aullido tronó entre las paredes de metal mientras la sangre goteaba.

Un leve resplandor llamó la atención del tableño: era Vivian, acercándose con lentitud. Sin soltar a su presa, la *Muerte* lanzó una violenta patada hacia Lava. La mujer emitió un quejido.

—Quédate quieta, putita, espera tu turno —bramó Caimán.

La ira se apoderó de la mente de Ares, lo cual hizo que el dolor pasase a segundo plano. La postura era incómoda, pero su mano izquierda estaba libre; no cerró el puño, no, otra idea surcó su cabeza. Imitó la *mano vacía* del karate y lanzó una estocada hacia el estómago del lagarto.

«¡Veremos qué tan blindado está!»

Hubo una ligera resistencia de las escamas que terminó cediendo. Desgarró el abdomen. Su mano se internó, buscando órganos que destrozar. La presión sobre su brazo derecho se redujo, aprovechó para soltarse del agarre.

Un quejido brotó de Caimán, quien se llevó las manos al hueco gorgoteante del abdomen.

—¡Maldito! —siseó el lagarto.

Ares comprendió que ese era el momento. Flexionó un poco las rodillas y subió con celeridad su puño en un potentísimo *uppercut*[26] que desencajó la mandíbula de la bestia.

Caimán dio uno, dos pasos hacia atrás y se desplomó. A oídos de Espino no llegó ningún sonido de los latidos del teribhyano. Aprovechó para socorrer a Vivian; sus nuevos ojos le permitían apreciar el destello producido por el calor de su piel. En el caso de ella, el corazón sí funcionaba.

—Vivian —rogó, pasando su mano por la frente de su novia—, Vivian, ¿estás bien? Despierta, mi amor.

La mano de ella sujetó la suya.

—Estoy bien. Gracias por salvarme, mi dios de la guerra.

Espino sonrió; tras quince años, el eslogan cobraba sentido.

---

[26] En boxeo, un "uppercut" es un puñetazo que comienza desde abajo y va hacia arriba verticalmente.

—Siempre te protegeré —afirmó Ares, apretando sus dedos con cariño.

Ecos de disparos poblaron el pasillo.

—¡*Las Muertes*! —exclamó Vivian—. Debemos detenerlas.

—¡No! Yo me encargaré.

—Estás herid...

Las palabras de la física murieron en su boca. Ares buscó la causa. La carne del brazo le ardió y un vapor rosáceo se elevó de entre las heridas. La sangre borboteó a la vez que los tejidos se regeneraban. Extendió el brazo derecho, descubriendo que los cortes y la mordedura desaparecían. Un último escozor le indicó que terminó la regeneración.

—Tú descansa. El coronel tenía razón, estos son mis nuevos dones, debo controlarlos y utilizarlos.

Más detonaciones llegaron a los oídos del policía. Llevaba una, quedaban cuatro *Muertes*.

CAPÍTULO 14

Los Tecnos

Domingo 27 de mayo de 2057 - 21.12 horas

A los oídos de Sandy llegó el chirriar de los mecanismos de los *Tecnos* que despedazaban la puerta del pasillo. Por lo que pudo ver en los videos, una decena de la policía mecanizada escoltaba al líder de las *Muertes*. Si bien el movimiento de los otros terroristas por el Maizal era errático, Arena avanzaba directo al centro de control de los misiles.

—¡Atentos! —exclamó Sandy.

Junto a ella, Tommy jugueteaba con el seguro de un par de granadas.

—¿Estás segura de que no te afectarán? —cuestionó el sargento de ascendencia cubana.

—No, Tommy, mis brazos están protegidos contra pulsos electromagnéticos. ¿Cuántos podrás inutilizar con eso?

—Tres, máximo cuatro con cada granada. Lo angosto del pasillo ayudará.

«Entre seis y ocho», pensó la capitana. No era un mal número, la mitad de los *Tecnos* caerían. Las matemáticas jugarían a su favor. El único cabo suelto era Arena. ¿Qué tan poderoso podría ser? Ella y su equipo completo, formado por Tommy y diez soldados, contaban con implantes intracraneales que repelían cualquier tipo de agresión mental. Desafortunadamente, la policía panameña no fue tan precavida y eso prodigó que sus hombres cayesen bajo el influjo de la *Muerte*.

Las puertas a veinte metros de ellos saltaron en pedazos. Una esquirla del tamaño de un bate de beisbol atravesó al marine Peter, oriundo de Montana, que estaba a su lado.

Dos *Tecnos* atravesaron la entrada. Un tercero los siguió.

—Esperen —musitó la capitana.

Un cuarto tecnificado se abrió paso.

—¡Ahora, Tommy, demuéstranos que tienes sangre de pelotero! —chilló Sandy.

El sargento le respondió con una sonrisa y lanzó con su mano izquierda la primera de las granadas. Cual bola rápida, el explosivo salvó en décimas de segundo la distancia e impactó contra el primero de los *Tecnos*, creando un aura eléctrica de tono añil. Los relámpagos saltaron entre las armaduras deteniéndolas. Varias luces del techo se apagaron.

—¡Cayeron cuatro! —informó gozoso Tommy.

—Celebraremos cuando todas las *Muertes* estén tras las rejas —dijo Sandy.

—O muertas —añadió el sargento.

Un quinto policía apareció en escena. Empujó con violencia a sus compañeros para abrirse paso. Sandy distinguió que la armadura estaba equipada con cañones de 50 mm de calibre.

—¡Lánzala, lánzala! —apremió la capitana.

Sin dudarlo, Tommy retiró el seguro con su diestra y arrojó con celeridad la granada hacia la mole, que comenzaba a levantar las ametralladoras gemelas.

Similar al primer lanzamiento, el artefacto voló preciso. Sandy maldijo por dentro pensando que ahora solo inutilizarían a cinco. Eso les complicaría la faena. Su sorpresa fue mayúscula cuando la granada se detuvo en el aire y regresó hacia ellos con similar trayectoria.

—¡Qué demonios! —masculló la mujer.

En ese instante, el *tecno* inició los disparos. Sandy logró tirarse al suelo. Esperó que los demás también hubiesen reaccionado de la misma manera. La granada estalló; la doctora dio gracias porque fuese la de pulso y no alguna de las explosivas. Aprestó sus armas de plasma y lanzó dos descargas contra el policía. «Lo siento», murmuró para sus adentros. Ambos disparos no solo destrozaron el pecho de la armadura, sino que también acabaron con la vida del hombre en su interior.

—¡Disparen! —ordenó a su escuadrón.

Dos *Tecnos* reemplazaron al caído en combate. En vez de disparar, activaron sus escudos y avanzaron para recortar la distancia.

La capitana escuchó clics y un par de tintineos en el suelo. Dos granadas de fósforo fueron arrojadas por Tommy.

—¡No! —alcanzó a decir muy tarde Sandy. Temía que se repitiese lo ocurrido con la de pulso magnético.

Su premonición se cumplió. Como si rebotasen contra una red invisible, los explosivos regresaron hacia ella y su equipo. Hizo dos disparos perfectos que las pulverizaron en el aire.

—Tommy, no tires más granadas, el hijo de puta de Arena nos las devuelve.

La capitana acompañó su advertencia con dos nuevas descargas. El escudo del *tecno* de la derecha cedió. Repitió los disparos, concentrándolos en el punto frágil. Las siguientes detonaciones destruyeron el costado de la unidad tecnificada, inmovilizándola.

El resto de sus tropas se concentraron en el otro sujeto de la policía haciendo que la cobertura también cediese.

—¡Dos menos! —anunció Tommy.

Tres nuevos *Tecnos* cruzaron el umbral. Sandy distinguió otra media docena detrás de estos. ¿Dónde estaba Arena? Revisó las cámaras en su dispositivo de la muñeca. Lo encontró en última posición, cobijado tras los guardias mecanizados.

—El mamón nos seguirá mandando policías hasta que se acaben —reportó la capitana.

—En algún momento se le terminarán —argumentó el cubano.

—¡Cúbreme! —ordenó Sandy.

Sin esperar respuesta, la soldado corrió en dirección a los *Tecnos* que avanzaban bajo el fuego de los hombres de El Maizal. El exotraje funcionó a la perfección, acelerando sus pasos. Activó la cobertura de plasma para sus implantes, eso convertía sus brazos en magníficas herramientas de corte; hasta Lucas le envidiaba esa especificación. Forzó la potencia de sus piernas y aprovechó la velocidad para caminar en horizontal por la pared izquierda. Escuchó las balas seguir infructuosas sus pasos. Se impulsó hacia el techo, dio una voltereta en el aire; al caer en medio de los tres tecnificados unió las manos cortando el casco del primer guardia para luego separarlas y acometer contra los que estaban en los extremos con devastadores resultados.

En silencio, volvió a implorar por el perdón. No dudaba que eran buenos hombres, pero la defensa de los misiles tenía prioridad.

—¿Puedo unirme a la fiesta? —cuestionó Tommy.

Sandy le sonrió, imaginando que el soldado usaría sus poderes.

De los brazos del sargento surgieron lianas que se extendieron salvajes hasta el resto de los atacantes. Los nuevos apéndices refulgían con un verde intenso y un poderoso olor a pasto recién mojado. Cada uno de los tentáculos aprisionó a un adversario. El rostro de Tommy no mostró ningún esfuerzo mientras los golpeó repetidas veces contra las paredes. Varias piezas cayeron y las armaduras quedaron varadas.

—¡*Tú no me calculas*[27]! —chistó el sargento.

«Se puede sacar al cubano de Cuba, pero no a Cuba del cubano», pensó la doctora. Tommy era un soldado competente, un gran ejemplo de lo que la disciplina castrense podía hacer por las almas descarriadas. Sus abuelos fueron balseros que se beneficiaron justo a tiempo de la política de *pies secos, pies mojados*. Llegaron a Miami con poco más que lo puesto y lucharon para hacerse un lugar a punta de esfuerzo, sudor y trabajo honesto. Les inculcaron a sus hijos valores, pasión por el beisbol y el amor a Dios. Nada de eso sirvió para evitar que el pequeño Tommy se apartase del buen camino debido a las malas compañías. A los trece años dejó la escuela. A los catorce se hizo adicto y ese mismo año se fugó de casa para unirse a un grupo narco de *Liberty City*. Durante casi tres años caminó al borde del abismo hasta que fue aprehendido durante el atraco a una licorería del Doral. El juez le dio a elegir: diez años en la penitenciaría o tres en el ejército. Su madre y su abuela, sentadas detrás de él en el juicio,

---

[27] Expresión coloquial cubana que significa "tú no me conoces" o "me subestimaste".

le rogaron que aceptara servir en los Marines. De esa forma, la vida del chico cambió. No solo prosperó en las fuerzas armadas, sino que tuvo la fortuna de que el coronel detectase sus habilidades especiales en una visita a Camp Lejeune en Carolina del Norte.

El cubano llevaba ya cuatro años en Panamá y Sandy estaba orgullosa de él. Un grito de advertencia salió de los labios de la doctora:

—¡CUIDADO!

Una densa llamarada de brillantes rojos, naranjas y amarillos llenó el pasillo. Tommy aulló. Sus extensiones ardían y el ardor llegó a sus manos consumiéndoselas.

¡Napalm! ¡No podía ser! Sandy distinguió un robusto *tecno*, tintado en color bermellón, con sendos cañones que humeaban anclados en los brazos. A sus espaldas, Tommy se revolvía tratando de apagar el fuego.

—Ayúdenlo —ordenó la capitana a su escuadrón—. Recúbranlo por completo para privarlo de oxígeno.

—¡Hazlos arder!

La autoritaria voz surgió desde más allá de la cómoda seguridad de la puerta.

Sandy atisbó dos puntos brillantes crecer dentro de los cañones del *tecno*. «¡No, otra vez no!». Se plantó en medio del pasillo y disparó sus dos armas de plasma, que pasaron en medio de las flamas del *tecno*.

—¡Cúbranse! —bramó la doctora tirándose a un lado.

Los fogonazos se detuvieron. El plasma no solo quemó la armadura, sino que inflamó los tanques del combustible. La onda expansiva proyectó el cuerpo de Sandy varios metros hacia atrás.

Una densa humareda llenó el corredor. El silencio solo era roto por el crepitar del fuego.

La capitana se puso en pie. Revisó a su escuadrón. Tommy respiraba, eso ya era ganancia. Tres de sus hombres no se movían. El resto aparentaban estar bien. Suspiró aliviada; lo lograron.

—Mike, Jonas, lleven a Tommy a la enfermería, que los sanitarios lo estabilicen. El resto, conmigo, nuestra labor aún es proteger el centro de mando.

Sandy escuchó crujidos y luego un siseo, como si varios objetos volasen por el aire. Media docena de largas esquirlas de metal atravesaron el mismo número de soldados. Se giró; la figura gris de Arena, escoltada por tres *Tecnos*, estaba a pocos metros de ella. La doctora elevó los brazos para disparar a los agresores.

Un trozo de viga voló rauda hasta lastimarle el estómago. La tortura fue tan fuerte que la hizo caer de rodillas. Escuchó el andar de uno de los tecnificados.

—¡Remátala!

La voz del criminal era fría, carente de emociones.

Escuchó el zumbar de los mecanismos moverse y el cañón de 15 mm del policía le apuntó al pecho, para luego disparar. Cinco balas impactaron con crueldad. Sintió el crujir de un par de costillas. Cayó hacia atrás, luchando por mantenerse consciente.

—Me encantan sus brazos. Tráeme uno como recuerdo —solicitó Arena.

Con mecánicos gestos, el *tecno* descargó un hacha sobre el codo izquierdo de la doctora. El filo se hundió menos de un centímetro en la dura aleación. El policía necesitó siete golpes más para arrancar el miembro de la capitana.

Sus nervios estaban conectados a las prótesis, por lo que el entramado sináptico de la doctora chilló. Nubes negras se formaron en su cabeza. Apretó los dientes hasta hacer que sus labios sangrasen. El suplicio le impedía pensar con claridad. Relajó su mente. Un, dos, tres; tal y como le dijo ayer a Ares. Un, dos, tres.

Vio al *tecno* recoger su brazo y tendérselo al terrorista, quien solo lo tomó y, abanicándolo, lo lanzó hacia las llamas.

—Creo que es mejor no guardar porquerías —comentó el criminal—. Hazla a un lado, que no estorbe.

Sandy trataba de enfocar sus ideas cuando recibió un bofetón del puño metálico del tecnificado. La sacudida fue tan violenta que la arrojó hasta la pared. Su cabeza chocó con el muro. No podía desmayarse, no. Mientras su visión se nublaba, alcanzó a verlos avanzar hacia el centro de mando. Uno de los *Tecnos* pisó salvajemente el cráneo de Tommy; los lamentos de su amigo cesaron cuando los huesos cedieron, esparciendo su cerebro por el suelo.

Debía advertir al coronel. A duras penas consiguió activar el canal de comunicación:

—Señor, nos sobrepasaron. Tommy y mis hombres están muertos. Arena y los *Tecnos* tomaron la sala de control.

La capitana no pudo resistir más y se desvaneció.

CAPÍTULO 15
Las cuchillas

Domingo 27 de mayo de 2057 – 21.16 horas

Junto a su equipo de limpieza, Lucas Hatsumi seguía el rastro de Jauría y su manada de canes. Los pasillos por los que avanzaban estaban repletos de soldados muertos y heridos, así como un alto número de perros. ¡Era una masacre! Seguían la sangre en una ruta caótica. Izquierda, derecha, derecha, izquierda, hasta toparse de frente con la entrada del gimnasio. Hizo señas a su escuadrón para que estuviesen atentos. Empujó las puertas con ligereza, procurando no hacer ningún sonido.

El coronel era fanático del baloncesto, por lo que el pabellón, con forma de rombo, tenía en el centro una pista de tamaño reglamentario. Todo alrededor de la superficie de parqué estaba plagado de máquinas para hacer ejercicio. La esquina más alejada tenía instalado un pequeño dojo con tatamis y muñecos de sparring.

Nada de eso llamó la atención de Lucas cuando entró. En medio del recinto, entre las dos canastas, una veintena de cánidos esperaban sentados. La imagen era aterradora porque no solo tenían la pelambrera tiznada de rojo, sino que también se apreciaban despojos colgando de sus bocas.

—Tranquilos, retrocedan —susurró Lucas a los soldados—. Dejémoslos aquí, solo nos han hecho perder el tiempo.

Un *clic clac* proveniente de la estructura del techo llamó la atención del ninja. Señaló con el índice en esa dirección. Media docena de miras otearon la bóveda.

—¿Qué es eso? —preguntó nervioso uno de los hombres.

—¡Esa es jauría! ¡Fuego a discreción! —ordenó Hatsumi.

En lo alto, Jauría comenzó a saltar entre los travesaños. Cuando se prepararon para la defensa, Lucas leyó el expediente de la terrorista; los informes decían que ella podía adoptar la forma de cualquier animal y así imitar sus habilidades, pero aquello que los acechaba no era un ser que él hubiese visto antes. La figura le recordó las leyendas medievales de las gárgolas o los mitos de los demonios *Tengu* de Japón.

Ráfagas de disparos azotaron la cubierta arrancando esquirlas de acero. Entre los estallidos de las armas, el rugido de los perros se alzó.

Hatsumi vio a los canes corriendo hacia ellos. «Marionetas», pensó el sargento. Por más que fuese deshonroso matar a víctimas inocentes, no le quedó más opción que emitir la orden.

—Abatan a los perros.

Los cañones cambiaron de orientación. Notó la duda en sus hombres; él también la sufría. Un enorme rottweiler se acercaba a él con el hocico chorreando una baba rosácea y los ojos encendidos con furia. Seis metros. Cuatro metros. Disparó. La bala rozó el flanco derecho del animal, levantando el pelaje y dejando una larga marca granate en el costado. El cuadrúpedo se alejó chillando.

Un empujón en el pecho hizo que Hatsumi se estrellase contra las puertas; el arma saltó de sus manos. Sacudió la cabeza buscando enfocarse y la vio.

La criminal dejó fuera de combate a tres soldados expertos en una exhalación. Tenía el cuerpo completamente azul y sobrepasaba los dos metros de altura. En la espalda, alas coriáceas, de un tono más oscuro, las cuales terminaban en dos aguijones. Gruesas y largas garras coronaban sus dedos, a juego con los colmillos que se apreciaban en su boca. También distinguió una cola larga y puntiaguda.

—Te quedaste solo, soldado —puntualizó Jauría con una voz cavernosa.

La decena de perros que sobrevivía aulló.

—¿Qué prefieres? ¿Ellos o yo? —cuestionó la terrorista.

Lucas analizó la situación. En el dojo de su familia, los combates en grupo eran habituales. Pasó su mano derecha por encima del hombro buscando la empuñadura de su espada. Cerró sus dedos sobre el mango forrado con el típico cordón de seda trenzada, bajo la cual se distinguía la figura del emblema de la familia, la criatura sagrada del sur: *Suzaku* o ave Fénix. Apretó con fuerza el *tsuka*[28], desenvainó la hoja y se aprestó en la postura de *Chudan no Kamae*[29].

—Tu alma está llena de cobardía al usar a esas pobres bestias. Libéralas y enfréntame —exigió Hatsumi.

—Mis chicos disfrutarán tus huesos cuando termine contigo —replicó Jauría.

---

[28] Del japonés, "empuñadura".

[29] En la esgrima japonesa, postura donde un pie está delante del otro y se empuña la espada hacia adelante en un ángulo aproximado de 35°.

Sin esperar más, el sargento lanzó un tajo frontal. Propulsada por sus alas, la mujer lo esquivó. La correosa cola se movió como un látigo buscando las piernas del militar. Con agilidad, Lucas la eludió.

—Eres rápido.

Al decir esto, Jauría se elevó creando una fuerte corriente de aire. Hatsumi apreció un guiño índigo en los ojos de la mujer; el cuerpo de ella comenzó a cambiar. Solo le tomó unos segundos; lo que antes era una forma voladora, se convirtió en una apabullante mole repleta de músculos: un gorila.

La fiera se precipitó hacia él con los puños en alto dispuesta a aplastarlo. Lucas movió su espada de manera diagonal. Jauría utilizó sus antebrazos para defenderse. El corte fue perfecto, salvo que donde antes había una frondosa mata de vellos, ahora brillaba una piel cubierta de escamas; el filo no produjo ningún daño.

—Me he vuelto experta controlando mi cuerpo —explicó Jauría—. Cuando era pequeña, solo podía imitar a los animales que veía. Ahora puedo conjurar lo que sea con mi imaginación.

—Me da tristeza ver que desaprovechas tu noble don.

—¡Noble! —se carcajeó la terrorista—. Eres un iluso. Trata de ser una niña con el pelo azul cuyos únicos amigos eran las ratas y los perros de la calle; no había nobleza en las burlas de los otros niños, ni en los castigos del orfanato. Trataron de hacerme negar quien yo era en realidad.

Jauría, aún convertida en gorila, se irguió en toda su estatura y volvió a utilizar los brazos como martillos, destrozando el suelo donde segundos antes estaba Lucas.

—Ser tratado con injusticia no es excusa para comportarse de igual modo —aleccionó Hatsumi, haciendo equilibrios tras encaramarse en una de las vigas del techo.

Utilizando la pared, la criminal trepó.

—¿Crees que vas a tener ventaja aquí arriba? —se mofó la mujer—. Yo puedo adaptarme a cualquier terreno.

Lucas la vio venir; la mujer se columpiaba utilizando los largueros, recortando la distancia entre ambos. No tenía mucho tiempo. El sargento estiró su mano izquierda como si estuviese repartiendo cartas de una baraja y varios objetos brillantes aparecieron de entre sus dedos. Tenía cuatro años cuando creó su primer objeto energizado utilizando su *CHI* y la ancestral sabiduría de su familia. Desde entonces, se hizo experto utilizándolo como elemento sorpresivo que servía para causar confusión entre sus enemigos.

Las estrellas destellaban electricidad y volaron raudas hasta morder las barras de metal. Con una precisión exquisita, todas atinaron en el mismo lugar cortando la aleación. Hatsumi sonrió y utilizó sus piernas como resortes para catapultarse hacia su enemiga.

Al sujetar la vara sin asidero, Jauría se desplomó hacia el suelo.

—Soldado estúpido, yo puedo volar —se jactó Jauría, mientras su pelaje comenzaba a transformarse en plumas.

El sargento vio con claridad cómo Jauría estiraba los brazos, justo lo que esperaba que ella hiciera. Se maravilló de la hermosura del cambio, del enorme poder que abrigaba la mujer. Nada de eso importó. La estratagema de subirla al techo funcionó. La caída funcionó. Solo quedaba aprovechar el momento para infligir el ataque. Las tácticas requieren estrategia, así como las estrategias requieren tácticas. Blandió con destreza su espada apuntando al ala izquierda de la mujer.

Percibió el estupor en el rostro (una mezcla entre mono y águila) de Jauría cuando ella se percató del ataque. El antiquísimo filo de la espada de Lucas se internó varios centímetros en la carne azulada de la terrorista, quien graznó de dolor.

—¡Bastardo! —gritó Jauría, mientras caía abanicando la única ala sana.

El ninja aterrizó con soltura, colocándose de inmediato en posición de ataque. Frente a él, la mujer cayó sobre su costado, profiriendo un agudo estertor.

—¡Ríndete! —sugirió el soldado—. No traigas más deshonor a la casa de tus padres.

—¡YO NO TENGO PADRES! —vociferó Jauría—. ¡SOLO TENGO ODIO! Si crees que no puedo acabar contigo con un solo brazo, estás muy equivocado.

Un fulgor cobalto creció en los ojos de la mujer. Hatsumi percibió la rabia de su enemigo, algo que no consideró previamente en su plan. Adoptó la postura *Jodan no Kamae*[30], solo para demostrarle que ella no lo intimidaba.

Lo que antes eran plumas, pasaron a convertirse en escamas. Los brazos y piernas de la mujer desaparecieron fundiéndose con el torso, el cual se fue alargando hasta conformar una colosal serpiente.

—Me sorprendiste, pero eso no volverá a pasar —reconoció Jauría.

—Por fin veo tu verdadero rostro.

El ofidio medía ocho metros de largo con el cuerpo tan ancho como el de un niño pequeño. La cabeza oscilaba, a unos dos metros del suelo, de un lado hacia otro y la lengua bífida sobresalía, escudriñando el ambiente.

Hatsumi atacó con velocidad y precisión. Primero un corte vertical en diagonal hacia abajo y luego otro de izquierda a derecha

---

[30] En la esgrima japonesa, postura donde ambos pies se encuentran al mismo nivel y las manos sujetan la espada por encima de la cabeza con el filo apuntando hacia atrás.

completamente horizontal. Ambos tajos atinaron en su presa. De las escamas saltaron chispas sin llegar a hacer ningún daño en la criatura.

—¿Crees que no aprendo de mis errores? Tus juguetitos no volverán a cortarme.

—Ya lo veremos —afirmó Hatsumi. Posó con cariño su mano izquierda sobre la base del sable. Cerró los ojos para concentrarse mejor. Con suavidad deslizó su palma por el acero, casi acariciándolo. La energía brotó entre él y el arma levantando pequeños zarcillos eléctricos.

El sargento sujetó en lo alto su espada regresando a la postura de *Jodan no Kamae*, toda ella refulgía. En la punta se distinguían ligeros relámpagos que danzaban.

Las fauces del animal se abrieron y propinó raudo una dentellada. Hatsumi esquivó los colmillos con una finta y a la vez contratacó con su arma apuntando por detrás de la mandíbula de la bestia. El corte fue fino y delicado; el acero energizado trazó una herida exquisita a través de las escamas que vino acompañada de un chillido agudo de la mujer.

La cabeza de la serpiente se elevó un par de metros más describiendo una danza alocada. De la herida brotaba sangre roja y espesa.

Hatsumi retrocedió observando la debacle de la criatura que terminó cayendo aparatosamente sobre el suelo de hormigón. Una nube de vapor surgió desde el animal. Al disiparse, solo quedaba una mujer desnuda con el cabello azul y una profunda herida en el cuello.

—¡Ayúdame! —imploró Jauría.

Considerando la anatomía humana, Lucas estaba seguro de que su tajo no era mortal, pero no podía estar seguro qué pudo cortar cuando ella estaba convertida en serpiente. Sin envainar la espada, se acercó hasta la terrorista quien estaba tumbada bocabajo. Se agachó y la sujetó del hombro con su mano izquierda.

Como una centella, Jauría se giró golpeándolo en el abdomen. El dolor de cuatro garras traspasando el blindaje Kevlar y hundiéndose en su carne fue atroz. El sargento se echó hacia atrás alejándose de la mujer; bajó la mirada para comprobar su estómago. ¡Sobreviviría! Elevó la espada para devolver el ataque. Para su sorpresa, la criminal no estaba allí. ¿Cómo?

Oteó en todas direcciones hasta que vio una cola de color azul meterse por una trampilla del suelo. Se acercó hasta allí. Encontró rastros de sangre en el metal. Escuchó los chillidos de la rata alejándose.

CAPÍTULO 16
El duelo

Domingo 27 de mayo de 2057 - 21.17 horas

Avanzando a toda velocidad por los corredores, el coronel Deveraux no dejaba de pensar que las puertas del hangar debían resistir. No podía entender qué locura estaban planeando las *Muertes*, pero lo más lógico era que intentarían destruir los misiles. ¡Qué plan más estúpido! ¿Por qué se sacrificarían ellos mismos?

En esos momentos, deseó que Oggun le hubiese dado el don de la inteligencia tal y como se lo dio a su amigo Bongani. Su cabeza se pobló de los recuerdos de aquella noche en la plantación del amo Dubois. Diez latigazos le levantaron la piel de la espalda; colgado por los brazos de un árbol, sentía que las articulaciones le estallarían. Deliraba por la fiebre cuando cuatro de sus amigos llegaron hasta él, cortaron las cuerdas y lo liberaron.

—Lubanzi, llegó el momento —anunció Amar, quien era casi un hermano para él—. Los capataces duermen la borrachera.

Invocaremos a Oggun, como sus hijos, él nos dará la fuerza para huir de este infierno.

Corrieron más de una hora; a veces, más que trotar, sus amigos lo jalaban, forzándolo a avanzar. Dentro de su cerebro, el martirio de mil agujas que rivalizaban con el suplicio de su lomo. Al este, el leve brillo del amanecer. Desde el oeste le llegaban los ladridos de los perros del amo, además de los gritos de sus torturadores.

—Lo tenemos que llamar ya —informó Amari.

Sin aliento, los cinco hombres se detuvieron. Lubanzi apreció cómo su amigo sacaba varios elementos de un morral: un cigarro a medio consumir, una botella de cristal llena de un líquido que imaginó sería aguardiente, collares de cuentas y una navaja de afeitar.

—Preparen la fogata —ordenó Amari.

Bongani y Hakim recogieron algo de maleza seca y pequeños troncos; los apilaron formando una pirámide. Lethabo se encargó de sujetarlo a él. La congoja aprisionó su alma; él era el más grande de los cinco, pero esa noche era solo una carga.

Las llamas cobraron fuerza con rapidez. Los gruñidos de los mastines se incrementaron.

Amari, tras encenderlo, dio grandes bocanadas al cigarro, expulsó el humo sobre ellos y sobre la hoguera. Repartió los collares de cuentas, uno para cada uno; no dudaron en ponérselos.

—Bailen conmigo —los invitó Amari.

Así lo hicieron. Giraban alrededor de las llamas. Amari dio tragos al licor, luego lo escupió sobre la fogata provocando que las llamaradas se elevasen.

A Lubanzi el sudor hizo que las heridas le escocieran. Su espíritu se perdió en un viaje profundo. No escuchó más los cánidos, tampoco a los caporales. Su respiración se acompasó y su corazón se llenó de paz.

Frente a él se extendían las hermosas praderas de su amada África. Los pastos refulgían bajo los rayos del sol. Una manada de impalas corría juguetona. Respiró el olor de la naturaleza, la libertad. El zumbido de insectos y el trino de un millar de pájaros reverberaron en sus oídos. Observó a sus amigos, tenían una mirada cargada de dicha y alegría.

—¿Nos salvó Oggun? —cuestionó Hakim.

—Sí —afirmó Amari—, la deidad nos bendij...

Un relámpago se desplegó desde las nubes, aterrizando en la coronilla de Amari; el hombre estalló entre una humareda turquesa. Al despejarse el vapor, la altiva figura de un guerrero armado con un machete, ropajes violetas y una bolsa de piel de tigre colgada del hombro apareció.

Lubanzi vio cómo sus tres compañeros se postraron tocando con las frentes la tierra.

—¡Oke Oggun! ¡Oggun Kobú Aguanilé! —saludaron los hombres.

Él los imitó repitiendo la bienvenida:

—¡Oke Oggun! ¡Oggun Kobú Aguanilé!

Lubanzi mantuvo los ojos cerrados. El terror aprisionaba su alma.

—Salve, mis guerreros. Acepté su invitación y sacrificio.

«¿Sacrificio?», pensó Lubanzi. «¿Acaso se refería a Amari?». Entreabrió los párpados. Sus amigos, de rodillas en el suelo, también temblaban. Buscó el rostro del dios.

Oggun sonreía. Los ojos le brillaban con un fuerte tono púrpura. El machete resplandecía.

—¿Qué buscan de mí? —gritó Oggun.

Una tibia calidez corrió por el muslo de Lubanzi.

—¿QUÉ BUSCAN DE MÍ? —repitió la deidad.

Quería hablar, debía hablar. El miedo atenazaba su lengua, enmudeciéndolo. Respiró profundamente buscando fuerzas.

—Salvación. Libertad —masculló Lubanzi.

—¿Libertad? Mi machete los puede liberar. ¿Es esa la liberación que buscan?

Fue entonces cuando Lubanzi no lo dudó. Irguió el tronco hasta encarar al dios.

—¡Venganza! —vociferó Lubanzi—. Buscamos venganza y libertad.

La deidad posó su mano izquierda en la frente del hombre.

—Has hablado bien, hijo mío. Les concederé su retribución. Serán mis guerreros en este mundo. Cada uno recibirá juventud y una destreza específica. Cuando solo uno de ustedes quede vivo, volveré a reclamar esa última alma.

Otro rayó surcó el firmamento provocando un destello de luz añil frente a él. Cuando sus ojos se recuperaron, la visión de África se esfumó, los ladridos de los perros regresaron junto con los primeros disparos.

—¿Qué hacemos con Amari? —preguntó Lethabo.

—Déjalo, un peso extra retrasaría nuestro avance. Si avanzamos en dirección norte, podremos perderlos en la ciénega antes de que las luces del alba delaten nuestra posición. El agua enmascarará nuestro rastro dificultando que los perros saquen partido de su prodigioso olfato —explicó Bongani.

—¿Qué? ¿De qué hablas? No entendí nada de lo que dijiste, pero no pienso dejarlo —manifestó Lethabo, agachándose para cargar al difunto. Al sujetarlo, una mueca extraña se le dibujó en la cara—. ¡No pesa nada!

—¿Qué dices? ¿Cómo que no pesa? —cuestionó Hakim.

El sonido de un nuevo disparo interrumpió la discusión. Lubanzi chilló al ser traspasado a la altura del abdomen por una bala. El dolor aprisionó sus sentidos haciendo que se doblase. Llevó sus manos a la herida para evitar la hemorragia; sus dedos quedaron empapados en sangre.

—Corran, amigos, yo ya no tengo salvación —sollozó Lubanzi.

Sus amigos levantaron una mano en señal de despedida. Lubanzi vio a Bongani y Lethabo correr, pero de Hakim no quedaba rastro, era como si el viento lo hubiese impulsado.

Se dejó caer sobre el terreno. Agradeció a Oggun la oportunidad de ver una última vez su amada tierra y solo deseó que el final fuese rápido, indoloro. Sonrió comprobando que al menos uno de sus deseos era cumplido, la herida no le dolía, casi como si no existiese. ¡No le dolía! ¡No le dolía nada! Ni la herida, ni los latigazos en la espalda. No recordaba cuándo fue la última vez que el dolor no formaba parte de su vida. Palpó su abdomen. Solo sangre tibia, ningún agujero. ¡Ningún agujero! ¿Cómo era posible? Recordó las palabras de Oggun: «Cada uno recibirá juventud y una destreza específica». Lo comprendió, esa era su destreza, la sanación. La de sus amigos: inteligencia, fuerza y rapidez.

Lo que la deidad nunca les dijo es que, al morir alguno de ellos, su don se repartiría entre los supervivientes. Así sucedería hasta que solo quedase uno quien sería el elegido para desafiar a Oggun. A la fecha, el coronel tenía la mitad de la fuerza de Lethabo y el cincuenta por ciento de la velocidad de Hakim. Bongani, quien recibió el talento de la inteligencia, aún vivía.

Las puertas no resistieron. «Solo la mitad de la fuerza, espero que sea suficiente», suspiró el coronel al entrar en los hangares de los misiles. La mole conocida como Barú caminaba con parsimonia hacia uno de los misiles.

—¡Alto! —gritó Deveraux. Apuntó con su viejo fusil a la cabeza del terrorista. Su instinto le imploraba que disparase ya; su alma de soldado le impidió apretar el gatillo.

El ngöbe detuvo su andar y se giró hasta encarar al militar. Ante el coronel, el rostro del indio era una caricatura de la maldad; los ojos muy abiertos y una amplia sonrisa.

—¡Voy a hacer que el mundo arda! —anunció Barú.

—Señor Toledo, no es mi intención lastimarlo. Solo tírese al suelo.

—Ese pobre hombre ya no está, no queda nada de él. Enterré su mente en lo más profundo de su alma.

—¡Tírese al suelo! —repitió Deveraux.

Barú comenzó a reír, una risa histérica, colmada de locura. Emprendió de nuevo su andar hacia el misil.

—¡Todo arderá!

Deveraux apuntó al hueso parietal. Era menos de cuarenta metros, no podía fallar. Una leve presión de su índice sobre el percutor impulsó la bala hasta su destino. El plomo de 5.56 mm fue certero en su trayectoria, clavándose por encima del cuello del agresor.

—No hay poder mortal que pueda detenerme —recitó Barú.

El coronel dejó su arma en el suelo y corrió. Aunque solo tenía la mitad del don de Hakim, le bastó menos de un segundo para plantarse delante del criminal.

—Afortunadamente, yo no soy un mortal —informó Deveraux —. Soy un guerrero de Oggun y tú no pasarás.

Las palabras del coronel fueron acompañadas por un derechazo directo a la mandíbula de Barú. El puño se clavó con fuerza en el mentón del ngöbe, quien retrocedió por el impacto. El indígena contratacó levantando la pierna derecha. Propinó una patada frontal hacia el pecho del militar. Deveraux cruzó ambos brazos sobre el tórax para repeler el ataque.

Tras la infructuosa acometida, Barú saltó sobre el hombre. Henry lo vio venir, se hizo hacia atrás dejándose caer cual péndulo oscilando. Atrapó los antebrazos del terrorista y utilizó su pierna derecha para aprovechar la embestida, arrojándolo lejos.

La *Muerte* chocó con estrépito sobre el suelo de hormigón. Con pesados movimientos, volvió a ponerse en pie.

—Tus truquitos no te servirán de nada, soldado —amenazó Barú—. Yo también tengo los míos.

El coronel observó una luz ambarina que nacía del sujeto, rodeándolo como si se tratase de un aura. En la mano izquierda de Barú, brillaba implacable un anillo de piedra negra. El poder emergía de esa joya.

Enormes grietas se extendieron por el concreto, acompañadas de un estruendo similar al de un temblor. Del interior de las fisuras emergió un burbujeante líquido rojo. ¡Magma! ¡Era imposible! Sea lo que se fuese, llegó hasta las manos del gigante ngöbe.

¡El anillo! Debía quitárselo y cuánto antes, mejor. Cerró su mano sobre la del terrorista; en ese mismo instante, la roca derretida le abrasó la piel, obligándolo a retroceder. Frente a él, una maza y un escudo se forjaron. Los objetos, que tenían el acabado del mármol, eran atezados con vetas de un bermellón iridiscente.

Deveraux observó la mole. El indígena blandía ambas armas y las hacía chocar entre ellas, expulsando chispas carmesís. Con un siseo, Barú atacó con la maza bamboleándola a increíble velocidad. El militar la esquivó con soltura. Lanzó dos puñetazos directos, derecha e izquierda, los cuales el indígena bloqueó con el escudo.

En la radio adherida a su oído escuchó la voz alarmada de Sandy: «Señor, nos sobrepasaron. Tommy está muerto. Arena y los *Tecnos* tomaron la sala de control».

El anuncio provocó que el militar elevase la mirada hacia la cabina acristalada a quince metros de altura. Distinguió el perfil de un individuo delgado y de cabello oscuro.

«¡Maldición!»

Al regresar los ojos a su adversario, aunque solo hubiese sido un segundo de distracción, vio la maza a milímetro de su torso. Intentó retroceder, pero el vaivén fue demasiado atronador. La piedra, que aún se sentía ardiendo, le despedazó el pecho, impulsándolo más de quince metros hacia atrás. Los pulmones le ardían; le costaba respirar. Apreció el daño: ¡colosal! Todo el costillar estaba roto y los huesos se incrustaban en la carne y en los órganos.

—Dime, soldadito, ¿cómo es que pretendías detenerme? —se mofó Barú.

Apoyando una mano en el suelo, Deveraux se ayudó para levantarse. Un fino vaho se escapó de su pecho. Su carne se recomponía. Sería vulnerable unos minutos, pero pronto se recuperaría.

—¡Qué interesante! Ese dios tuyo se portó bien contigo —reconoció el ngöbe a la vez que corría ágilmente hacia el soldado y saltaba sosteniendo en alto el mazo—. Pero no es suficiente.

El coronel tuvo que moverse con ligereza para que el siguiente empellón de la maza no le alcanzase en el rostro. El tiempo pasaba, debía inutilizarlo de alguna forma para detener la amenaza en la sala de control. Era imposible que pudiesen lanzar los *pájaros*, pero no se podía correr ese riesgo.

A unos metros a su derecha estaba su fusil. ¿Para qué? Esa bestia ostentaba un poder sin parangón.

—Coronel —la voz de Ares resonó detrás de él—, yo me encargaré de Barú, usted vaya a socorrer a Sandy.

—No seas estúpid...

Deveraux interrumpió su reproche al comprobar que Ares le hablaba desde su *alter ego*, el *kanaima* con forma de jaguar.

—Teniente, el centro de poder de Barú es el anillo. Destrúyalo y romperá la maldición del dios.

—Sí, coronel, me haré cargo.

A Deveraux no le quedaba más remedio que confiar en la temeridad del policía. Dudaba que pudiese derrotar al terrorista, no obstante, cancelar el despegue de los misiles era prioritario.

—Buena suerte.

CAPÍTULO 17
Los dioses

Domingo 27 de mayo de 2057 – 21.27 horas

Esta era la tercera vez que Ares tenía en frente a Barú. Si bien el criminal portaba el mismo atuendo, pantalones de cuero negro que le llegaban a la mitad de las pantorrillas, bandas cruzadas sobre el pecho desnudo, portando balines de un tamaño algo mayor al de canicas y gruesos brazaletes de cuero marrón en ambos brazos, la mirada del terrorista era distinta a la que tenía durante el asalto al MARTA. Un resplandor, entre furia y locura, se apreciaba en los ojos del gigante. «Es como si al cabrón lo poseyese un demonio, los ojos se le inyectan de sangre y el cariño se convierte en violencia», esas fueron las palabras de Rubí en La mayorala; ahora le hacían completo sentido.

—¿Quién eres? —interpeló el indígena—. ¿Por qué me imitas disfrazándote de mí? Tepeyóllotl solo hay uno.

Espino no entendió de qué hablaba el delincuente, solo sabía que debía detenerlo.

—Soy el teniente Espino, policía de Panamá, suelte las armas y entréguese.

No bien hubo terminado de dictar la orden cuando se dio cuenta de lo estúpido que sonó.

—No sé lo que eres, pero ningún hombre, dios o demonio me ordena a mí. Destruiré este mundo y reinaré sobre él, como siempre debió ser.

La declaración de Barú vino acompañada de una descarga de la maza sobre el hormigón; el suelo del hangar se agitó como si fuesen ondas en un estanque. Ares brincó con maestría evitando perder el equilibrio hasta caer erguido a unos diez metros frente a la *Muerte*.

—¡Quédate quieto, hombre *ocelotl*! —exigió Barú.

Ese nombre le gustó a Ares: «ocelot». Le recordó un videojuego retro sobre intriga, espionaje y sigilo.

El gigante cargó hacia él; llevaba por delante el escudo, quizás con la intención de empujarlo o puede que solo como defensa. No se dejaría amedrentar e imitó la acción de su atacante. Recortaron distancias y antes de que el broquel lo impactase, espetó un puñetazo en la mitad de la superficie de basalto. Ambos seres fueron lanzados hacia atrás.

El teniente frenó con agilidad su retroceso y observó la irritación en el rostro del terrorista al ver que su escudo se desmoronaba. Una aguda pulsación le recorrió el brazo. Revisó sus nudillos; astillas de mineral y hueso sobresalían entre la piel desgarrada. El malestar duró unos pocos segundos, mismo tiempo que le tomó a su miembro regenerarse. Hizo crujir sus nudillos en señal de victoria.

—Lo repito: ¡entrégate! Terminemos esta locura.

—¡JAMÁS! ¡Yo perseveraré! —clamó el terrorista.

Ares dedicó un instante a estudiar a su adversario. «El anillo», recordó. Ahora que su enemigo no portaba el escudo, distinguió el fulgor del anillo en el anular de su mano izquierda. Lo engañaría para quitárselo; con sus poderes, sería muy fácil. Solo debía correr simulando un ataque directo para, en el último segundo, agacharse y tomarlo por los dedos. La sorpresa redundaría a su favor y podría jalar el anillo. ¡Pan comido!

Tensó los músculos de las piernas y se lanzó a la carrera. Llevó el puño derecho hacia atrás. Vio cómo su oponente levantaba la maza para luego bajarla con celeridad, apuntando a su cabeza. Escuchó el silbido del arma cortando el aire. Sintió un suave roce en los vellos de la mejilla, se inclinó evitando el impacto. El propio girar del cuerpo de Barú hizo que su mano izquierda quedase al descubierto. Ares aprovechó para sujetar la muñeca del ngöbe con su diestra y con la mano libre atenazó el anillo de piedra. ¡Tiró con fuerza! Una delirante descarga eléctrica brotó del aro, recorriendo desde el brazo hasta el cerebro de Ares. En su mente, se formó la visión de una tierra inhóspita; en ese lugar, los hombres eran perseguidos por jaguares. Las bestias les abrían el pecho a los humanos para devorarles el corazón. Sentado sobre un trono de piedra y hueso, un ser mitad hombre y mitad jaguar observaba el panorama de cadáveres y sangre con una sonrisa en el rostro. Ares soltó su presa y una sensación de desolación le invadió el alma.

—¿Eso es lo que quieres para este mundo? —dudó Espino—. ¿Un infierno?

Barú cerró la mano del anillo y clavó la vista en el teniente.

—Eso es lo que ya es este mundo —declaró la deidad—, solo que aún no te has dado cuenta.

—¡Dios no permitirá que eso ocurra! —clamó Ares.

Espino sintió que la mirada del ngöbe bajaba hasta la medalla que le colgaba del cuello.

—¿De qué dios hablas? ¿De aquel cuya madre llevas en el pecho? ¡Tu dios está MUERTO! Los hombres, sus hijos, como se hartan de decir, lo mataron.

—No.

La voz de Ares fue apenas un susurro.

—¿Crees que eres hijo de él? ¡Mírate! No fuiste creado a su semejanza, sino a la mía.

—¿Qué?

Sintió la confusión hacer mella en su espíritu, en sus creencias.

—Tú eres mi hijo, únete a mí —Barú le tendió la mano izquierda donde el anillo destellaba—. Vamos, ven conmigo, hijo.

Un torbellino de dudas estalló en el alma de Ares. ¿Acaso ese dios, si lo era, tenía razón? ¿Era su apariencia una señal para romper con el mundo de los hombres? En las últimas horas, como bien citó su amigo McLeod, descubrió que existían más cosas entre el cielo y la tierra que las habituales. Miró sus manos. Pobladas de vello negro y naranja, revestidas de garras, no eran manos de hombre. Un *kanaima* le dijo Sandy; quizás un vengador o una mutación.

Se sorprendió a sí mismo viendo cómo su mano se extendía hacia la de Barú. Era lo más sencillo. Percibió electricidad entre los dedos. Era lo más sencillo, pero no era lo correcto. La retiró con brusquedad.

—¡NO! ¡No te metas con mi fe, engendro! —bramó Espino.

Apenas tuvo tiempo de levantar el brazo para protegerse de la embestida que le lanzó Barú con la maza. Su antebrazo se astilló por la rudeza del golpe.

—Estúpido animal. Me da igual arrancarte el corazón aquí o en el infierno —chilló Barú.

No esperó a que los huesos se le reacomodasen, Ares saltó sobre el terrorista propinándole una patada en el rostro. Barú cayó de espaldas atontado. El tableño aterrizó con sus rodillas sobre el pecho del indígena; escuchó romperse algunas costillas.

—¡No puedes matar a un dios! —argumentó la deidad.

—No te voy a matar, te voy a devolver a tu mundo de mierda.

Uno tras otro, fue lanzando puñetazos al rostro del criminal. Barú se defendió tapándose con las manos.

—Gracias —anunció Espino—, era lo que quería y sujetó con firmeza el antebrazo de Barú.

—Nunca me lo podrás quitar.

—No es el anillo lo que te voy a arrancar.

Ares sonrió para luego lanzar una mortal dentellada sobre la muñeca del terrorista. Clavó los dientes con rabia en la carne; cortó los músculos y tendones hasta llegar al hueso y aplastarlo. Sacudió la cabeza a izquierda y derecha hasta arrancar la mano de Barú. Borbotones de sangre le mancharon los bigotes y el pelambre del pecho. Se puso en pie con el trofeo aún en sus fauces.

Escupió el despojo y lo apañó con la mano. Sujetó el anillo con firmeza. A diferencia de la ocasión anterior, salió con soltura. Sobre su palma, el aro palpitaba y un caleidoscopio de colores se apreciaba en el interior cual brillo hipnótico llamándolo.

«*Tú eres mi hijo, mi heredero. Porta el anillo y seremos uno. Reinaremos juntos, como siempre debió ser*». La voz de Tepeyóllotl se coló en su cerebro tratando de seducirlo. «*Fuiste hecho a mi imagen y semejanza. Has bebido mi sangre y comido mi carne; ahora somos uno por toda la eternidad*».

Sin dudarlo, el teniente Espino dejó caer el anillo. La roca tintinó al rodar por el concreto. Describió una espiral hasta quedar de canto sobre el suelo. Ares levantó la maza con ambos brazos. Cual mítico herrero en una fragua, descargó un certero martillazo sobre la joya de piedra. Un estallido eléctrico desintegró el arma dejando un reguero de guijarros. El policía se agachó y barrió con los dedos los restos. No quedaba nada. Emitió un suspiro de alivio.

Prestó atención a Barú. El gigante estaba inconsciente. Buscó con la mirada los cristales de la sala de control. Atisbó al coronel. Debía ayudarlo. Comenzó a correr. Al llegar a la entrada se cruzó con una escuadra de soldados.

—¡Espósenlo! —ordenó Ares.

—Sí, teniente —respondieron los hombres.

CAPÍTULO 18

El lanzamiento

Domingo 27 de mayo de 2057 – 21.29 horas

Un rotundo ulular llenó los pasillos de El Maizal cuando las sirenas que anunciaban el lanzamiento de los misiles nucleares se accionaron.

–*¡Misil 1, activado! Objetivo: Ciudad de Nueva York. Despegue estimado en nueve minutos* –anunció la voz de la computadora.

Deveraux subió de tres en tres los peldaños en dirección al centro de mando. Apenas se internó en el largo pasillo comprobó el horror del combate. Por más que aquel loco coronel afirmase en aquella vieja película de Vietnam que le gustaba el olor a napalm por la mañana, él nunca soportó ese tufo. Esa mezcla gelatinosa apestaba. ¿Qué ocurrió allí? Vio trozos de *Tecnos* salpicados de sangre. Los muros deshechos. Distinguió al equipo de la capitana. Rogó por sus almas.

Se acercó a Sandy. Un líquido oscuro brotaba de lo que quedaba del brazo. Le sujetó con suavidad la cabeza apreciando el enorme moretón que le cubría el lado derecho de la cara.

—Capitana, ¿está bien?

Un murmullo de dolor fue la respuesta.

—Descanse, soldado, yo me encargaré —anunció el coronel.

Comprobó el monitor en su muñeca y sintonizó las cámaras del centro de mando. Tres *Tecnos* lo esperaban dentro. El terrorista, sentado frente a la consola, toqueteaba los controles coordinando, sin duda, las secuencias de despegue. Como medida de seguridad, cada lanzamiento debía activarse de manera individual utilizando claves que ni él mismo conocía. ¿Cómo las consiguieron? El tiempo escaseaba. Apagó el dispositivo de vigilancia. Disparar a los tecnificados sería una pérdida de tiempo y eso era justo lo que escaseaba. Su mejor arma sería su fuerza y velocidad. Colgó el fusil en la espalda para que no le estorbase. Observó las destruidas puertas y corrió hacia ellas.

—*¡Misil 2, activado! Objetivo: Ciudad de Washington D. C. Despegue estimado en nueve minutos* —confirmó el ordenador.

La primera y única vez que el coronel midió su velocidad fue en el año 1942. Aprovechó la recién inaugurada Base Aérea de Howard para retar a su buen amigo, el capitán Armstrong, piloto de un Curtiss P-36. La capacidad de aceleración de Deveraux fue prodigiosa, alcanzando una velocidad máxima de 232 kilómetros por hora en menos de cuatro segundos, logrando así recorrer la explanada en cuarenta segundos.

En la primera décima de segundo cruzó el umbral. Necesitó otra décima para *taclear* al primero de los *Tecnos*, el cual fue despedido hacia el hangar a través de uno de los ventanales. Sin siquiera parpadear, avanzó hasta su segundo objetivo; aprovechó el impulso para descargar un puñetazo sobre el pecho de la armadura. Como si el tiempo se hubiese congelado, apreció el metal combarse hacia dentro destrozando circuitos y cableados. El tercero de los policías le apuntó con su ametralladora. Desperdició una décima en zigzaguear para evitar la andanada de disparos y terminó inutilizando al *tecno* con una potente patada en la cabeza.

–*¡Misil 3, activado! Objetivo: Ciudad de Los Ángeles. Despegue estimado en nueve minutos.*

¡Maldición! Ya iban tres misiles. Enfocó la mirada en Arena. Sentado en el butacón de cuero frente a los controles, el terrorista le sonreía.

«¡Ninguno más, no activará ninguno más!», juró Deveraux en su interior.

Como una locomotora, el coronel arremetió contra Arena. Cuando dio el tercer paso, cristales volaron vertiginosamente hacia él. Se cubrió el rostro con los brazos para protegerse. El huracán de vidrios lo cortó sin misericordia. No lo detendrían con eso. Una décima de segundo más y le arrancaría el corazón a ese bastardo. Llevó su puño derecho hacia atrás para coger impulso y sumarlo a la potencia de su velocidad. ¡Ya era suyo! Una vez lo eliminase tendría tiempo suficiente para abortar los lanzamientos.

Su mano impactó contra *algo* unos centímetros por delante del rostro del terrorista. ¿Qué era? La sonrisa en el rostro de Arena lo llenó de rabia.

–Es usted muy rápido, coronel –afirmó el terrorista con tono socarrón–. Lamentablemente para usted, mis pensamientos lo son aún más.

El militar lanzó una andanada de guantazos contra la barrera invisible. El resultado fue siempre el mismo. ¡Nada!

–Es inútil, no se esfuerce. Siéntese y disfrute del espectáculo.

Deveraux observó que Arena extendía la mano para activar el cuarto misil.

—¡Espera —clamó el soldado—. ¿Por qué haces esto?

—Por dinero. Una amiguita suya nos ofreció una cantidad descomunal de plata para hacer esto. Fue imposible decirle que no.

El coronel retrocedió unos pasos. Necesitaba pensar en cómo detener a su enemigo. Por el momento, se conformaba con distraerlo.

—¿Comprendes que todo lo que estás haciendo no funcionará?

Esperaba sembrar la duda en el criminal.

—Ilumíname, ¿por qué no funcionará? ¿Acaso tus misiles están cargados con escarcha y confeti en vez de plutonio?

—NORAD inutilizará los *pájaros* antes de que lleguen a su destino.

—Por supuesto que lo haría si no nos hubiésemos encargado de inhabilitarlos —refutó Arena.

—¡Imposible! No se puede *hackear* ese sistema.

—Tú no puedes hacerlo, pero las *Muertes* sí lo hicimos. Crees que mi poder solo sirve para detener tus puñetazos o controlar cerebros de idiotas armados.

—Los sistemas de defensa interceptarán los misiles. De un modo u otro fracasarás.

—No sabes mucho de los *pájaros*, como tú los llamas, que tienes aquí. Un misil balístico intercontinental es la mayor arma de destrucción masiva que haya ideado la humanidad. También es la más complicada de detener. Las primeras etapas del sistema de propulsión agotarán sus reservas de combustible en tres minutos; para ese momento el misil estará a quinientos kilómetros de la superficie de la tierra. La trayectoria llevará al vehículo de reentrada hasta un apogeo que superará los dos mil kilómetros. Luego de esto, seguirá en rumbo descendente hasta el objetivo. En su reingreso a la atmósfera, su velocidad superará los veinte mil kilómetros por hora. Le deseo lo mejor a tu fuerza aérea.

Podría ser que la explicación de Arena fuese acertada, pero nada de eso importaba, solo detenerlo. El coronel tomó el fusil que llevaba en la espalda y lo empuñó. Detener a un viejo soldado era sencillo, veríamos cómo se las apañaría tratando de esquivar una treintena de balas.

Como si le leyese la mente, el criminal exclamó:

—¡Buena suerte!

Con la precisión de un francotirador, Deveraux apuntó al centro de la frente. Acarició con delicadeza el gatillo y ejerció la presión justa para que el sistema automático catapultase los proyectiles con una velocidad superior a los mil metros por segundo. Sujetó con firmeza el arma evitando que la potencia de los disparos le obligase a cambiar el ángulo de tiro.

Una a una, las balas fueron desviadas a izquierda y derecha, destrozando las mamparas de cristal. En tres segundos, el cargador quedó sin munición. Arena no ostentaba ninguna herida.

—¿Por qué no sigues sangrando? —cuestionó Arena—. Esos vidrios... No, no importa, acabaré con tu sufrimiento.

Un enorme trozo de cristal, con forma de hoja de cimitarra, se elevó detrás de la butaca donde estaba sentado Arena enfilando en dirección al militar.

—Espera, te lo contaré —interrumpió Deveraux—, estoy maldito, o bendecido, casi que es lo mismo, por una antigua deidad: no puedo morir.

—¡Ja, interesante! Vamos a probarlo.

El filo silbó, cortando el aire por encima de la cabeza de Arena.

—¡AHORA! —bramó el coronel.

Se escuchó una detonación y un destello añil iluminó la sala de mando. El disparo de plasma de la capitana impactó en el pecho de Arena en el mismo instante en que la descomunal esquirla se clavaba en el hombro del coronel.

Ignorando el dolor, Deveraux se arrancó la cristalina metralla y se abalanzó sobre el tablero de control. Lo lograron, tenían tiempo de sobra.

—Abortar secuencias de despegue —ordenó el coronel.

—*Protocolos de cancelación desconectados. Despegue confirmado del misil 1 en cinco minutos. Abriendo compuerta del silo 1* —informó la computadora.

—¿Qué? —gritó confundido Deveraux—. ¡Comunícame con NORAD!

—*Protocolos de comunicación desconectados.*

El coronel sintió a su lado la presencia de Sandy.

—¿Qué ocurre? —cuestionó la capitana.

—Nos *hackearon*, no puedo detener el lanzamiento.

Como si se tratase de una burla, la voz de ordenador retumbó en la sala:

—*Despegue confirmado del misil 2 en cinco minutos. Abriendo compuerta del silo 2.*

El militar se llevó las manos a la cabeza. Los sistemas de El Maizal eran los más avanzados. ¿Cómo ocurrió algo así? Arena estaba muerto, pero él falló en su misión de proteger al mundo. El dolor le atenazó el espíritu pensando en los millones de almas que estaban condenadas. No lo pudo evitar e hizo la pregunta en voz alta:

—¿Bajas estimadas tras el impacto de los tres misiles?

—Al momento de la detonación, se estiman bajas por el orden de los treinta millones de personas.

—Treinta millones... —repitió Deveraux.

—Despegue confirmado del misil 3 en cinco minutos. Abriendo compuerta del silo 3.

En su hombro sintió la presión de la mano de Sandy.

—Coronel, usemos los *Dracos* —sugirió la capitana.

CAPÍTULO 19

El sacrificio

Domingo 27 de mayo de 2057 – 21.36 horas

Tras la sugerencia de Sandy, el coronel comprendió que aún les quedaba una última oportunidad. El Maizal contaba con dos flamantes *Dracos*, naves experimentales con velocidades máximas de Mach 7.5. Si se apresuraban, podrían interceptar los *pájaros* antes de que saliesen de la atmósfera y derribarlos sobre el mar para evitar daños a la población. La reacción nuclear estaba sincronizada con el objetivo, por lo que no era un riesgo hacerlos caer.

–*Despegue confirmado del misil 1 en tres minutos* –voceó la computadora–. *Apertura de la compuerta finalizada.*

Un escalofrío recorrió la espalda de Deveraux. Era la primera vez que esas compuertas se abrían. Enmascaradas como depósitos de combustible, estaban a la vista de todos aquellos que pasasen por el Puente de las Américas.

–Sandy, ¿puedes pilotar?

–Mi brazo derecho funciona a la perfección. No necesito más.

—No perdamos ni un segundo. ¡Preparen los despegues de los *Dracos*! —ordenó el coronel.

—Señor, solo son dos. ¿Qué haremos con el tercer misil? —cuestionó la capitana.

En su cabeza, Deveraux repasó los cálculos. Podrían estar en el aire en cuatro minutos. Deberían perseguir los dos primeros misiles antes de que se perdiesen fuera de la atmósfera. ¿A qué velocidad viajaban los misiles? Recordó su entrenamiento de piloto a inicios de los años 60; en sus lecciones nunca le hablaron de cómo interceptar armas de destrucción masiva que volasen a miles de kilómetros por hora y fuesen capaces de caer sobre la tierra desde el espacio.

—No podrán detenerlo, el tercer misil estallará sin lugar a duda.

El coronel se giró hacia el origen de la voz. Distinguió el cálido brillo de Lava flotando a unos metros de ellos. En acto reflejo, apuntó el fusil hacia la mujer.

—Coronel, quiero ayudar. Yo derribaré el tercer misil —aseguró Vivian.

—¿Cómo sé que no es una estratagema para dejar que el misil impacte? —preguntó el militar.

—Yo confío en ella —atestiguó Sandy.

—¿Qué? ¿Confías? No se trata de confiar, Sandy.

—No —lo interrumpió la doctora—, se trata de detener los misiles. Nuestra ventana se cierra y debemos actuar ya. Vivian puede ayudar, no tenemos nada que perder.

—Despegue confirmado del misil 2 en tres minutos. Apertura de la compuerta finalizada.

El silencio tras el fatídico anuncio duró solo un instante.

—¡A los *Dracos*! —comandó el coronel.

A paso ligero, el hangar donde se guarecían los *Dracos* estaba a menos de noventa segundos del centro de mando. Deveraux escuchaba el trote de Sandy detrás de él y percibía la presencia de Vivian flotando a su lado.

En el recorrido, comprobó los horrores del ataque de las *Muertes*. Muchos soldados caídos, muchas familias que llorarían por sus muchachos. ¿Cuándo fue la última vez que tuvo que escribir tantas cartas de pésame? No era una sensación agradable sentirse derrotado.

Frente a ellos se cruzó la poderosa figura de Ares. El teniente tenía el pelaje de jaguar empapado de sangre, incluso le chorreaba de la boca.

—Barú está contenido, coronel —indicó el policía.

—No tenemos tiempo para eso, muchacho, los misiles despegarán en...

—*Despegue confirmado del misil 3 en tres minutos. Apertura de la compuerta finalizada.*

—¡Maldición! Debemos apresurarnos.

Deveraux aceleró el paso.

—Vamos a destruir los misiles después de que hayan despegado —informó Vivian.

—¿Quiénes? —preguntó Ares.

—El coronel y Sandy destruirán los dos primeros, yo me encargaré del tercero.

—¿Qué? ¿De qué estás hablando? ¿Tú vas a destruir un misil nuclear?

Las puertas del hangar se abrieron dando paso al coronel y su equipo. El lugar era tan amplio como tres campos de fútbol. Dos pares de helicópteros Zulú Cobra estaban estacionados con las hélices plegadas y el tren de aterrizaje montado sobre patines.

Deveraux cruzó entre ellos con rapidez. Sobre su cabeza, tras replegarse la cubierta, podían verse las pocas estrellas que no eran encandiladas por las luces de la capital panameña.

—Despegue confirmado del misil 1 en sesenta segundos.

Se les agotaba el tiempo. Llegaron a la mitad del hangar. Allí estaban. Dos magníficas aeronaves de fuselaje más oscuro que el ébano. El *Draco*, construido enteramente de titanio, estaba equipado con dos motores, mezcla de turbina regular y estator reactor, ubicados bajo las alas; en paralelo, contaba con un sistema de propulsión auxiliar para despegue vertical. Este bombardero *stealth* se desarrolló en conjunto entre la Fuerza Aérea y una empresa privada como herramienta de espionaje y ataque. Adicional a media docena de bombas inteligentes, el avión contaba con una pequeña torreta retráctil, encima y detrás de la cabina, capaz de emitir un láser químico de yodo oxigenado (COIL - *Chemical Oxygen Iodine Laser*).

—Sandy, tú eres mejor piloto, encárgate del misil 1 —indicó el coronel.

—Sí, señor.

Deveraux observó a la capitana trepar con agilidad hacia la cabina del *Draco* 01.

—Lav... Vivian, el tercer misil es el tuyo —especificó el militar.

—Sí, coronel.

Vivian intensificó su brillo y se elevó.

—Despegue confirmado del misil 2 en sesenta segundos.

—Espera —rogó Ares—. ¿Estás segura de esto?

—Sí, mi amor. Debo retribuir al mundo por todo el mal que he hecho —explicó Vivian.

Desde la cabina del *Draco* 02 se escuchó el grito del coronel:

—¡Date prisa, Vivian!

—Debo irme —prosiguió Vivian.

—Toma, llévatela —indicó Ares, tendiéndole la medalla de la virgen de Santa Librada.

«Necesitaremos toda la ayuda posible», pensó Deveraux. Escuchó el rugido de los motores del primer *Draco* y procedió a encender los del suyo.

—Despegue confirmado del misil 3 en sesenta segundos.

Ese fue el último sonido que le llegó del hangar al coronel antes de que se cerrase la cabina.

Domingo 27 de mayo de 2057 – 21.38 horas

Con un chasquido, la carlinga se cerró sobre la capitana. La consola de mando del *Draco* era una superficie perfectamente opaca de cristal donde se reflejaban controles e indicadores. La única similitud con un avión tradicional era la palanca de mando, semejante al sofisticado *joystick* de un videojuego.

Procedió a encender el sistema de impulso auxiliar que convertían al *Draco* en un vehículo VTOL (*Vertical Take-Off and Landing*, «despegue y aterrizaje vertical»). La maquinaria rugió separándose del suelo lentamente. Maldijo para sus adentros la poca velocidad.

Treinta segundos después, pudo distinguir las luces de los rascacielos de la ciudad de Panamá. A su izquierda, la rampa de acceso al Puente de las Américas. Ladeó la aeronave para poder visualizar la explanada de los silos. Tres de ellos estaban abiertos.

Sus oídos se llenaron con un atronador sonido. El ruido se incrementó y apreció la punta del misil aparecer entre nubes oscuras de combustible quemado. El proyectil se movió más rápido de lo que ella anticipó.

—Maldición, te dejaste sorprender —gruñó Sandy.

Aceleró persiguiendo la estela que dejaba el cohete a su paso. Observó el medidor de velocidad: 1 900 kilómetros por hora. ¡Ni siquiera Mach 2! Estaba perdiendo terreno. La altitud se incrementó, también la celeridad. Mach 2. Mach 4. Mach 5. Era la primera vez que experimentaba algo así. Echó en falta su traje de piloto para compensar las «G». Mach 7. Las especificaciones del *Draco* aseguraban que podría alcanzar Mach 7.5, pero *la aguja* no se movía del 7.

¿Qué más podía hacer? La distancia al objetivo superaba los cinco kilómetros y se incrementaba a cada segundo. Trató de fijar el blanco con la computadora de ataque. ¡Imposible! Los instrumentos le repetían que el alcance efectivo del sistema láser era de dos kilómetros.

—¡Activa postcombustión! —gritó la capitana a la computadora.

Ni siquiera estaba segura de que el *Draco* pudiese hacerlo; no perdía nada por intentarlo. En un caza regular, la postcombustión suponía un aumento de hasta el treinta por ciento en el desempeño del avión. Si sus números eran correctos, el misil estaría ascendiendo a Mach 8. Solo necesitaría 5 o 6 segundos a Mach 9 para recortar la distancia y lograr que la torreta láser tuviese una oportunidad.

Los dos motores retumbaron cuando el chorro adicional de combustible fue inyectado a los gases de la combustión.

En la cabina, Sandy sintió la presión en todo su cuerpo, un hilillo de sangre corrió desde su nariz y sintió que su visión se oscurecía.

—¡Puedo hacerlo! —chilló la doctora.

Se mordió los labios hasta saborear la sangre. Tenía que resistir. Revisó el sistema de armamento: ¡nada! ¡No, no, no! ¿Cuánto tiempo había pasado? ¿Cuatro, cinco segundos? El empuje extra no duraría mucho más.

—¡Vamos, no me falles!

La consola del láser parpadeó verde, indicando que el objetivo estaba a la distancia mínima requerida. Apretó con su pulgar el gatillo. Sin ningún sonido, el haz de tono índigo iluminó el firmamento. Cruzó los dedos. No veía nada por los gases de los sistemas propulsores del misil.

—*Objetivo destruido* —informó la computadora del *Draco*.

La capitana suspiró agradecida.

Domingo 27 de mayo de 2057 – 21.41 horas

Durante unos instantes, el misil número dos siguió la estela del primero. Según los objetivos cantados por la computadora, la segunda amenaza se dirigía a Washington D. C. La capital de Estados Unidos era un blanco goloso para cualquier terrorista, no solo por sus siete millones de habitantes, sino también porque allí se concentraban los poderes del país. Esos datos cruzaron la cabeza del coronel Deveraux mientras aceleraba al *Draco* hasta llevarlo al máximo de su capacidad.

Activó la torreta del láser buscando la oportunidad de derribar el proyectil. El sistema se puso en verde. ¡Bien! Apretó el gatillo. Elevó los ojos buscando el haz azul. ¡Nada! La consola se tiñó de amarillo y la palabra «Malfuncionamiento» apareció.

No pudo evitar golpear con su puño el tablero.

—¡Maldita chatarra experimental!

Activó el sistema de comunicación.

—Capitana, el láser no funciona. ¿Alguna sugerencia?

Esperó la respuesta. Un segundo, dos...

—Coronel, esa era nuestra única opción.

—Tiene que haber otra manera —rugió el coronel.

—Los *Dracos* no llevan misiles, ni ametralladoras; y aunque las tuviesen, serían inservibles a esa velocidad.

—¿Y las bombas? Hay seis de ellas en la bodega.

—Son para objetivos en tierra, también son inútiles contra el cohete.

—Sandy, no me estás ayudando. Millones de personas dependen de nosotros.

—Lo sé, coronel, lo sé, pero no hay nada que podamos hacer. Lo siento. A menos qué... No, es una locura.

—¿Qué? ¡Dilo de una vez!

—Programe las bombas para detonar con un temporizador, alcance al misil usando la postcombustión, eyecte y roguémosle a Oggun.

—¡Pan comido! —exclamó el coronel—. ¡Activar postcombustión!

El repentino empuje lo clavó en el asiento. Estiró la mano buscando el panel que controlaba las bombas.

—*¡Alerta de colisión!* —anuncio la computadora—. *Se recomienda acción evasiva.*

—¿Tiempo para el impacto?

—3.8 segundos.

—¡Maldición!

Los dedos del militar volaron sobre la consola fijando el tiempo apropiado para la detonación.

—¡Eyección! —ordenó el soldado.

Pequeños explosivos en la base de la carlinga la hicieron saltar. Mientras el asiento salía expedido, la cabina fue destrozada en su interior por la alta velocidad.

El coronel sintió que la piel le ardía al contacto con el aire. El paracaídas se desplegó y justo en ese momento las bombas, en la bodega del *Draco*, estallaron. La onda expansiva golpeó al militar, quien al instante fue tragado por una enorme bola de fuego.

Ni siquiera con los latigazos en la plantación del amo experimentó un dolor tan atroz como el que le provocó la explosión del *Draco* y el misil. Gran parte de su piel y carne se vaporizó en décimas de segundo. El suplicio llegó hasta sus huesos. Respiró gases tan calientes qué sus pulmones chillaron deshaciéndose. El calor creó infinidad de ampollas que se reventaron al instante. Sus neuronas, saturadas de impulsos eléctricos, colapsaron bloqueando la tortura.

Rodeado de escombros, inició la caída. No quedaban rastros del asiento eyector. Su cuerpo solo era una patética sombra desplomándose sobre el azul del mar Caribe.

«Lo has hecho bien. Eres un digno guerrero de Oggun. Espero con ansia el momento en el que nos enfrentemos».

Alucinación o no, la cabeza del coronel se llenó con las palabras de la deidad.

Según caía, se sintió renacer. Cada segundo que lo acercaba a la líquida superficie borraba una pizca del calvario de su existencia. Estiró lo que quedaba de sus brazos tratando de desacelerar. Con sorprendente velocidad, sus dedos se recubrieron de huesos, capilares, carne y piel. Un cosquilleo recorrió hasta la última de sus fibras. Los pulmones y el resto de sus órganos internos se recompusieron. Disfrutó de un reconfortante y familiar calor, el calor de una nueva vida.

Mientras descendía, su único deseo era que Vivian lograse detener el tercer misil.

Domingo 27 de mayo de 2057 – 21.44 horas

Guarecida dentro del puño de su mano derecha estaba la medalla de Santa Librada que Ares le dio, la misma que ella le obsequió hacía quince años. Sonrió pensando que ese intercambio parecía un juego del destino. No era el momento para sonrisas. Empeñó su palabra en que detendría el cohete.

Era la primera vez que volaba tan alto. Tras el accidente, apenas flotaba entre las personas o subía un par de pisos en los edificios del Casco Antiguo. Fue Arena quien la retó a explorar sus poderes. ¡Ese maldito! En aquella ocasión, se enfrentó a un avión comercial y lo venció; aunque esa velocidad era casi la de una tortuga comparada con la del misil, comprobó que, a mayor aceleración, más calor y menos densidad tenía su cuerpo, como si el hecho de volar la acercase a un extraño estado de la materia. Luego comprendió que su naturaleza estaba alterada, sus nuevas habilidades, tanto el fuego como el volar eran posibles ya que ella era una especie de plasma viviente.

Esa sería la clave para la hazaña que ahora emprendía. Cuánto más calor acumulase, más ionizaría sus moléculas. Era solo cuestión de física y en eso ella era una experta. Ese proceso acrecentaría su velocidad.

Se concentró en cada átomo de su cuerpo. Percibió la vibración llenándola de electricidad. Más que volar, era como si se hubiese convertido en un corpúsculo que saltaba avanzando por el cielo, envuelto en una aureola naranja que destelleaba como un pequeño sol.

Comenzó a recortar la distancia que la separaba del misil. Observó la primera etapa del cohete desprenderse y la ignición del segundo módulo. Su nariz se llenó del olor del combustible quemado.

Según ascendía, el aire estaba más enrarecido, el oxígeno más escaso. ¡Podía soportarlo! Estiró la mano, quería alcanzarlo ya, debía lograrlo. ¿Cómo lo detendría? Una cruel duda atenazó su espíritu, lo que le hizo perder terreno. ¡No!

Escuchó el vibrante estruendo de la segunda etapa propulsora al separarse. La carcasa cayó hacia ella amenazando su desafío. La esquivó con soltura. El tercer y último módulo se puso en marcha.

¿A qué altura estaba? Distinguió el flamante brillo de las estrellas, muchísimo más fulgurantes de lo que jamás las vio. Distraerse no era una opción.

Las llamas expulsadas por el misil le lamieron el rostro. No sintió el calor, ella era el calor. Aceleró hasta internarse en el artefacto a través de las toberas. Rodeada de energía se sintió llena, poderosa.

Apretó su mano alrededor de la medalla de Santa Librada.

—¡Te amo!

Vivian liberó el máximo de su potencial explosionando con furia. El misil se desintegró.

CAPÍTULO 20
El futuro

Panamá, lunes 28 de mayo de 2057 – 06.40 horas

Sentado en el asiento de copiloto del Tundra, Ares Espino acompañaba al coronel Deveraux para una reunión de emergencia con el presidente Vázquez.

El *pick up* aceleró en el viaducto que conectaba la Calzada de Amador con la Cinta Costera, al lado del vetusto Estadio Maracaná.

Ares distinguió a su derecha, anclado a varios kilómetros de la costa, la formidable estructura del *USS Enterprise*, el mismo portaviones que supervisó la Operación *Just in Case*. El coronel le explicó que el barco, por fortuna, estaba en ruta hacia el sur cuando él avisó el sábado del estado de emergencia. Tres destructores atracarían el próximo miércoles como salvaguarda de la integridad del Canal. Según le informó el militar, el aeropuerto de Panamá Pacífico bullía con la llegada de aeronaves de la fuerza aérea estadounidense; algunas de ellas transportarían a los soldados caídos de vuelta a Estados Unidos.

Fueron más de cien bajas. Vivian estaba entre los desaparecidos... ¡Otra vez! Solo la tuvo un instante y la volvió a perder. Ni siquiera pudo despedirse. La angustia le oprimió el pecho. Se concentró en el camino para reprimir el dolor.

Las calles estaban vacías debido al toque de queda impuesto, aunque se cruzaron con varias patrullas que los permitieron pasar al ver las sirenas y la bandera de las barras y estrellas que el coronel dispuso en el morro del vehículo. El Toyota avanzó raudo y tras hacer el retorno frente a la Escuela Amador Guerrero, giró a la derecha en la calle 21 Oeste. Al llegar a la Avenida A, tomó otra vez a la derecha. En segundos alcanzaron la Plaza Herrera y siguieron en dirección hacia las bóvedas.

—*Llamada entrante de la coronel Ivanka Pushkin* —anunció la computadora.

Sorprendido, Ares se volteó hacia el militar.

—Acepta la llamada —indicó el coronel.

—¿Cómo estás, Henry? —saludó melosa Ivanka.

—Atareado con el zafarrancho que montaste ayer —replicó Deveraux.

—No sé de qué me hablas. Llevo en Varadero desde el sábado, Cuba es paradisiaco en esta época del año.

—Ivanka, atentaste contra la seguridad de mi nación y del mundo. Créeme que esto no se quedará así.

—¿Qué no se quedará así? ¿Que los Estados Unidos tengan una instalación nuclear, ya no tan secreta, en Panamá? ¿Que tu liderazgo ineficaz haya permitido que una unidad rebelde de la policía local activase una decena de misiles nucleares? ¿O me he perdido algo? Ustedes ya son tendencia en las redes. Espera la apertura de la bolsa para que veas el descalabro que provocarás en el mercado de valores —profetizó la rusa.

El teniente Espino apreció la rabia en el semblante del coronel.

—Te encontraré, Ivanka.

—Buena suerte, cariño. Ahora tengo que dejarte, no sé cómo, pero hay una *jauría* de *caimanes* correteando por la *arena*.

—¿Qué? —exclamó Espino mientras se cortaba la comunicación —. No puede ser, Jauría y Caimán escaparon, pero el cadáver de Arena está en la morgue. ¿De qué habla esa mujer?

—Olvídalo. Ivanka es una maestra embaucadora. Luego ajustaremos cuentas con ella. Atento, que ya hemos llegado.

El vehículo se detuvo frente al retén en la calle Nicanor Villalaz. El militar bajó la ventanilla para dirigirse a la pareja de uniformados panameños.

—Soy el capitán Henry Deveraux, de la Marina de los Estados Unidos de América, tengo una cita con el presidente Vázquez.

Los SPI no albergaban ningún tipo de simpatía, al contrario, los escrutaron a ambos casi como si fuesen especímenes de laboratorio o ratas que exterminar. El imponente uniforme blanco del coronel, repleto de medallas, no los impresionó.

—¡Esperen! —les gruñó uno de los guardias.

Salvaron a millones de personas. ¿No debían tratarlos como héroes? Tras recogerlo en aguas del Caribe hace poco más de seis horas, Deveraux le explicó que, en este mundo, su mundo, no había espacio ni para héroes ni para reconocimientos. Y que, si quería formar parte de esto, tendría que asumir que no siempre le darían las gracias.

La barrera se levantó y los SPI les hicieron señas para que avanzasen. Deveraux pisó con suavidad el acelerador hasta llegar al borde del mar; allí, otro grupo de policías les indicó dónde estacionar. Tras bajarse del auto, una escolta de seis guardias los acompañó hasta la entrada.

Subieron los cuatro escalones y traspasaron las rejas. Esta era la primera vez que Ares visitaba el palacio y se maravilló con la elegancia de la construcción. Los zapatos de suela de cuero del coronel resonaron en el mármol del vestíbulo de la entrada. Bordearon la fuente central por la derecha.

El teniente pensó que subirían por la escalera del fondo. Dos uniformados se anticiparon por el costado izquierdo de las escalinatas hasta la pared. Se detuvieron frente al muro, el cual se deslizó hacia la derecha. Un moderno ascensor de paneles interiores de acero y una brillante luz blanca los recibió. Los ocho individuos se apretujaron en el elevador. Uno de los guardias tecleó un código sobre el panel de cristal y las puertas se cerraron. Descendieron cinco niveles. Cuando el ascensor se detuvo, quedaron frente a un amplio recinto que supuso sería un búnker. El panorama que se apreciaba era un total caos. Militares, ministros y asesores corrían de un lado para otro atendiendo llamadas.

—Han hecho buenas mejoras —murmuró el coronel.

—¿Usted ya había estado aquí antes? —preguntó Ares.

—Sí, lo visité por última vez hace cincuenta años.

En la zona central, un área acristalada con una larga mesa de madera en el centro. Ares distinguió en un extremo al presidente y en el otro al señor Michael Koontz, embajador de los Estados Unidos en Panamá. Por lo que pudo apreciar, discutían acaloradamente.

Con un siseo, la puerta de la *pecera* se abrió.

—Señor presidente, el capitán Deveraux —anunció uno de los policías.

Ares siguió al militar, quien se cuadró frente al mandatario.

—Buenos días, presidente, soy el capitán Deveraux de la Marina de los Estados Unidos de América.

Sin levantarse de la silla, el líder los miró de arriba abajo.

—¿Puede usted explicarme por qué el presidente King me llamó para que lo recibiera? Me dijo que debía recibir al coronel Deveraux y lo veo uniformado como alguien de la marina. ¿Quién es usted?

Deveraux dejó el maletín de cuero que portaba sobre la mesa.

—Se lo explicaré, señor presidente, pero debo pedirle a nuestro embajador que salga, no tiene autorización para escuchar esta información.

La blanca tez del embajador se incendió rubicunda.

—¿Cómo osa...

—Cállate, Michael, si valoras tu puesto, agradezco que te retires —replicó el coronel.

Ares observó cómo la sorpresa teñía el rostro del presidente.

—Por favor, señor embajador, retírese. Le avisaré si vuelvo a necesitarlo.

Sin despedirse, el representante gringo abandonó la sala.

—¿Y bien? —cuestionó el mandatario.

El coronel le tendió las hojas que sacó del maletín. Los ojos del panameño recorrieron ansiosos las letras. Un silencio incómodo atenazó el búnker.

—Sería estúpido de mi parte dudar de esto después de lo ocurrido esta noche —reconoció el presidente—. ¿Cuántos misiles se dispararon?

—Tres.

—¿Cuántos quedan en operación?

—Doce.

—¿Quién es usted?

—Como le dije, soy el capitán Henry Deveraux; mi formación militar abarca cuatro de los ejércitos de Estados Unidos, por eso ostento el rango de coronel en tres de ellos y soy capitán en la marina. Estoy a cargo de la División Dragón y El Maizal, la instalación de misiles ubicada bajo la Calzada de Amador.

—¿Qué es la División Dragón?

—Un equipo de soldados con habilidades especiales.

El presidente se tomó unos segundos para tamborilear con los dedos sobre la superficie de teca.

—¿Qué va a ocurrir a partir de ahora?

—Si usted lo permite, seguiremos protegiendo el mundo desde la umbría.

—Coronel, el espectáculo de ayer deja lugar a pocas sombras.

—Sí, señor, un lamentable accidente. Créame cuando le digo que los culpables recibirán su severo castigo —afirmó Deveraux.

—Confío en que así sea. ¿Cómo participará Panamá en la administración de El Maizal ahora que ya no es un secreto?

—El tercer tratado dic...

—Haremos un nuevo tratado, capitán, pierda cuidado de los temas legales. ¿Cómo será la administración conjunta?

—El teniente Espino de su policía, aquí presente, —informó el coronel— accedió a formar parte de la División Dragón.

—Entiendo. Es un comienzo. Veremos los detalles por el camino.

—¿Significa que está de acuerdo?

El líder panameño se puso en pie, dedicó una mirada al coronel, se aproximó y le tendió la mano.

—¡Estoy de acuerdo!

Ares observó cómo ambos hombres sellaban el acuerdo. El felino en su interior rugió de emoción al pensar que hoy comenzaba una nueva vida como defensor de la justicia.

Made in the USA
Columbia, SC
10 June 2025

59179534R10133